THEATERBIBLIOTHEK

Schwedisches Kindertheater

Fünf Stücke

herausgegeben von Dirk H. Fröse

Verlag der Autoren

Das Stück »Medeas Kinder« von Per Lysander und Suzanne Osten wurde von Hildegard Bergfeld, die übrigen Stücke dieses Bandes von Dirk H. Fröse übersetzt.

CIP-Kurztitelaufnahme der Deutschen Bibliothek

Schwedisches Kindertheater : 5 Stücke / hrsg. von Dirk H. Fröse. [Das Stück »Medeas Kinder« von Per Lysander u. Suzanne Osten wurde von Hildegard Bergfeld, d. übrigen Stücke dieses Bd. von Dirk H. Fröse übers.]. – 1. Aufl. – Frankfurt am Main : Verlag der Autoren, 1984.
(Theaterbibliothek)
ISBN 3-88661-043-8
NE: Fröse, Dirk H. [Hrsg.]

Theaterbibliothek
Erste Auflage 1984

Umschlagzeichnung: Friedrich Karl Waechter
Gesamtherstellung:
Buch- und Offsetdruckerei Wagner GmbH, Nördlingen

Printed in Germany.
ISBN 3-88661-043-8

INHALT

Staffan Göthe
Das Mädchen im Espenbaum

Personen

Erste Schauspielerin
Zweite Schauspielerin
Dritter Schauspieler
Vierter Schauspieler

Die Bühne: ein Weg, an dem ein reich belaubter Espenbaum wächst. Unter der Espe hat das Mädchen sein Fahrrad stehen.
Die Szenen werden von einem Leitmotiv, hier Thema genannt, eingerahmt. Dieses Thema wird auch nach dem Stück als Schlußmusik gespielt.
Wenn es Zeit zum Anfangen ist, wird ein Zeichen gegeben und das Thema vorgestellt. Plötzlich halten die Spieler inne. Sie schleichen zum Espenbaum hinüber und vergewissern sich, daß sich das Mädchen da oben an seinem Platz befindet. Sie verständigen sich untereinander durch Zeichen, und das Thema läuft weiter.

ERSTE Da war mal ein Mädchen, das wollte nicht mitmachen, und sie konnte nie richtig sagen, warum. Wollte nicht. Hatte keine Lust.
ZWEITE Was den anderen einfiel, war zu hektisch, zu kindisch vor allem, so unheimlich kindisch.
ERSTE Alles war so lau, kam ihr so lau vor. Das Laueste überhaupt waren die Sommerferien.
ZWEITE Fand einen Espenbaum. Stellte das Fahrrad drunter, kletterte hinauf. Na, hier kann man ja wirklich sitzen, genau so gut wie irgendwo anders.
ERSTE Spielte Fliegen. Gefängnis. Daß sie von Hitler verfolgt wurde, und noch mehr von der Sorte.
ZWEITE Meistens saß sie da und beobachtete, was vor sich ging auf dem Weg. Und was ging vor sich auf dem Weg?
BEIDE Well, that was really a fat dog!
ERSTE Das war wirklich ein dicker Hund.

Mit hocherhobenen Händen kommt ein verzweifelter Mensch/Dritter hereingelaufen, verfolgt von einem satanischen Revolverhelden/Vierter.

VERZWEIFELTER Um Himmels willen ... Ich bitte – auf bloßen Knien – meinen Knien: Nicht schießen! *Mit einem melodramatischen Schrei.* Lassen Sie mich leben! Sie sollen jeden einzelnen Cent zurückbekommen. Das schwöre ich, bei meiner Seele. Nicht schießen!

Revolverheld grinst höhnisch und feuert einen Schuß ab, so daß der Verzweifelte tot zu Boden fällt. Der Revolverheld entspannt sich und will seine Waffe einstecken, stutzt dann aber. Er hat ein Geräusch gehört. Er sucht es mit dem Revolver im Anschlag zu orten, und endlich verfällt er darauf, daß es aus der Espe kommen muß. Schleichen, Suchen. Schließlich richtet er den Revolver nach oben auf das Mädchen und lacht höhnisch.

REVOLVERHELD Soso, Mädchen. Erstes Parkett, in der Tat. Jaja. Okay. Immer die Nase vorn – ganz richtig so – immer mit von der Partie, so soll es sein ... mit hohem Einsatz spielen. Aber siehst du, kleines Fräulein: Jetzt ist das Spiel aus. The game is over. Zurück auf die Mutter Erde. Ich zähle bis drei.

Ehe er bis drei gekommen ist, fällt ein Schuß. Der Revolverheld sackt zu Boden, denn diesmal hat das Mädchen geschossen. Einen Augenblick lang ist es still, danach stehen die beiden Leichen ungezwungen auf.

VIERTER Ja, das hat sie natürlich bloß erfunden.

DRITTER Wenn nichts weiter los war unten auf dem Weg, dann saß sie da oben und ließ ihrer Phantasie freien Lauf.

VIERTER Da konnte dann alles mögliche passieren.

DRITTER Alles mögliche, auch das Unmögliche –

ERSTE Aber im übrigen war da die Wirklichkeit.

VIERTER Meistens hörte man sie nur. Der Wind raschelte und rauschte.

DRITTER Ein Krankenwagen weit, weit weg.

ERSTE Jemand hatte den Fernsehapparat bei offenem Fenster an.

VIERTER Schüsse vom Schießplatz auf der anderen Seite des Sees.

DRITTER Die Vögel, die Mopeds und dann natürlich das zitternde Laub der Espe.

VIERTER Und Leute unten auf dem Weg.

ERSTE Am 7. August kam der Junge, der Kartoffeln ausmachen sollte.

Thema. Die Mutti/Zweite kommt mit einem imaginären Jungen herein. Sie trägt eine volle Plastiktüte in der Hand, und wenn sie die hinstellt, markiert sie, wo der Junge im weiteren Verlauf der Szene zu denken ist.

MUTTI *in einem einzigen Wortschwall* Und wenn du im Bus bezahlst, dann bezahlst du mit dem einen Zehner, und dann paßt du gut auf, daß dir der andere Zehner nicht hinfällt, wenn du den einen aus dem Portemonnaie ziehst. Martin! Was hast du da auf der Hose? Komm her, damit die Mutti das wegmacht. Komm her, damit die Mutti das wegmacht, hat die Mutti gesagt. Alsohörmaldu! Soll die Mutti erst böse werden? Hach – Ei ist das oder sowas.

Und dann sagst du dem Fahrer, daß du an der Haltestelle vor dem Busbahnhof aussteigen mußt, und dann vergißt du nicht die Tüte im Bus, sonst wird die Mutti ganz traurig. Und dann sagst du der Großmutter, daß sie das gleich in den Kühlschrank tut, sonst wird es schlecht. Also nein, Martin, wie lang deine Haare sind, du hättest aber zum Frisör gehen sollen, was soll der Großvater sagen, du weißt, der Großvater mag keine Hippies und sowas. Hab ich denn keine Schere da, daß ich die Spitzen geradeschneiden kann. Jaja. *Ein Augenblick Stille.* Vergiß nicht die Tüte im Bus!

Wieder Stille. Herein kommt der Nachbar/Vierter, der sich eben die Abendzeitung geholt hat.

MUTTI Nee, sieh an, guten Tag!
NACHBAR Wo gehts denn hin?
MUTTI Der Martin fährt zur Großmutter und hilft ihr Kartoffeln ausmachen.
NACHBAR Na, aber das macht ihm bestimmt Spaß, wie?
MUTTI Ja, klar. Einen Riesenspaß macht ihm das. Obwohl natürlich – das findet er schon ein bißchen ungemütlich, so mir nichts, dir nichts von der Mutti wegzufahren. Das findet er schon.
NACHBAR Aber – also ich meine, er ist doch ein großer Junge.
MUTTI Ja, aber die Mutti ist immer noch die Beste!
NACHBAR Du liebe Güte, das ist bloß gut für so einen großen Jungen, wenn er mal von der Mutti wegkommt und eine Zeit lang selber zurechtkommen muß.

MUTTI Ja, sicher.

NACHBAR Und sich ein bißchen nützlich machen kann. Auch mal zupacken lernt. Das brauchen Kinder, und das macht denen auch Spaß!

MUTTI Ja, sicher – dem Martin auch. So, jetzt geht es jedenfalls zur Großmutter und Kartoffeln ausmachen, das wird vielleicht ein Spaß!

NACHBAR Und – vielleicht verdient er auch eine Kleinigkeit dabei?

MUTTI Aber nicht doch, das Geld dafür hat der Martin sich schon selbst zusammensparen müssen. Und der Martin will doch auch kein Geld dafür haben, daß er der Großmutter ein bißchen bei den Kartoffeln hilft. Das macht dem Martin doch Spaß.

NACHBAR Vielleicht trifft er da auch eine Menge neue Freunde?

MUTTI Wie? – Jaa, ja klar, klar findet er auch eine Reihe neue Freunde, aber hauptsächlich geht es ja um die Großmutter und die Kartoffeln, und das macht dem Martin richtig Spaß und interessiert ihn auch.

NACHBAR Na klar, er sieht ja auch gesund und stark aus.

MUTTI Ja, bloß die langen Haare, ich versteh das nicht, und dann war er vor einer Weile erkältet, da ist er immer mit seiner triefenden Nase rumgelaufen, da haben der Vati und ich uns dann mächtig gefreut, wie die Großmutter anrief und gefragt hat, ob ihr einer bei den Kartoffeln helfen kann.

NACHBAR Und der Martin selber – der hat sich natürlich auch gefreut?

MUTTI Wie? – Der Martin? Ja klar. Unheimlich hat der sich – also ich glaube . . . der ist vor Freude fast in die Luft gesprungen!

Nachbarin/Dritter ist hereingekommen.

NACHBARIN Ich hör gerade, daß der Martin zur Oma soll, und da frage ich mich, ob er nicht das Paket hier beim Pastor Jensen abgeben möchte. Es ist für einen Wohltätigkeitsbasar.

MUTTI Aber ja! Sicher möchte er das.

NACHBARIN Bestimmt? Sonst kann ich es ja mit der Post schicken.

MUTTI Kommt überhaupt nicht in Frage!!! Der Post eine Menge Geld hinterherwerfen, wo der Martin sowieso fährt – nie und nimmer.

NACHBARIN Aber das Paket ist ihm vielleicht zu schwer? *Das Paket ist wirklich riesig.*

MUTTI Schwer!!! *Hebt das Paket hoch und geht dabei fast in die Knie.* Daß ich nicht lache. Schwer??? Für einen großen Jungen wie den Martin.

NACHBAR Groß und stark sogar.

MUTTI Also das macht dem Martin bloß Spaß, nicht wahr.

NACHBARIN *zur Mutti* Danke, Sie sind ein Schatz! Ja natürlich, der Pastor Jensen hat ein Mädchen, das ist ungefähr in Martins Alter. Hanna heißt sie – ein prächtiges Mädchen. Die beiden können zusammen spielen und sich amüsieren. Mal sehen – wie alt ist der Martin jetzt?

MUTTI Elf wird er im November.

NACHBARIN Ja, dann ist die Hanna doch ein bißchen älter, neunzehn ist sie im Winter geworden, aber was solls? Die werden sich schon vertragen und sich was Nettes einfallen lassen. Die Hanna hat eine Gitarre, da kann sie dem Martin was vorspielen.

MUTTI Na sowas! Also das findet der Martin ja ganz spannend!

ERSTE *greift ein* Martin! Martin! Warum sagst du nichts? Warum sagst du nichts? Wollte sie da oben in ihrer Esche rufen. Das sah sie ja von weitem, daß der Junge das alles Mist fand. Die Großmutter und die Kartoffeln und der Pastor und das Paket und Hanna und die Gitarre: Mist.

NACHBAR Das macht den Jungen heutzutage ja immer Spaß: Gitarre. Hey barberiba!

ERSTE Mist. Er wollte gar nicht weg und Kartoffeln ausbuddeln, er wollte zu Hause bleiben und machen, was ihm paßt. Sie da oben konnte sich gut in seine Lage versetzen. Sie wollte hinunter und ihn aufrütteln.

MUTTI Der Martin hat ja selber eine Gitarre!!! – Nein, also das wird vielleicht ein Spaß!

ERSTE Aber seht ihr denn nichts? Seid ihr blind?

NACHBAR Was sollen wir denn sehen?

ERSTE Das macht dem doch überhaupt keinen Spaß. Das sieht man doch. Der sieht doch ganz unglücklich aus.

MUTTI Eine Erkältung hat er gehabt.

ERSTE Der will doch gar nicht fahren! Ihr lügt doch, wenn ihr sagt, daß dem das Spaß macht.

NACHBARIN *spitz* Dann kann er es ja sagen.

ERSTE Der hat vielleicht nicht so ne große Klappe wie du, hätte sie da oben jetzt geantwortet. Reden, reden, reden, reden, reden. Reden könnt ihr! Hört ein bißchen mehr auf die, die schweigen! Man kann doch auch was wollen, obwohl man den Mund hält. Das Mädchen da oben war wütend und wollte runter auf den Weg und denen beibringen, wie man zuhört. Aber sie traute sich nicht. Sie blieb in ihrer Espe sitzen und begnügte sich damit, in ihrem Zorn einen Zweig abzubrechen. *Man hört es.*

VIERTER Doch ja, es konnte schnell wütend werden, das Mädchen im Espenbaum. Au ja!

DIE ANDEREN Au ja.

ERSTE Wie damals, als sie mit ihrer Schwester zusammen Brautjungfer in Friedberg war.

VIERTER Oder damals, als sie mit der Schule zum Vereinshaus fuhren.

ERSTE Sie waren Brautjungfern, und die Schwester spielte sich auf und redete berlinerisch.

SCHWESTER/ZWEITE Tach, Schwesta. Wie isn so? Wa? Unheimlich Spitze, echt. Findste nich, det is unheimlich Spitze. *Usw.*

VIERTER Zum Vereinshaus damals, da sollten sie sich in einen Bus klemmen, und schon da hatte sie schlechte Laune, aber die anderen waren in Hochform, total hysterisch, und hatten Kartoffel-Chips mit und schrien und sangen:

MITSCHÜLER/DRITTER »Hoch auf dem gelben Wagen . . .« *Schwester und Mitschüler setzen ihre Hänseleien in geeigneter Dosierung fort.*

ERSTE Und sie sagte zu ihr: »Mensch, bist du blöd!«

SCHWESTER *äfft sie künstlich berlinerisch nach.*

ERSTE Warum machst du das?

SCHWESTER Wat denn? Ick kann ja wo noch reden, wie ick will, wa.

ERSTE Laß das doch!

SCHWESTER *äfft nach.*

VIERTER Und sie versuchte, aus dem Fenster zu sehen und hierhin und dahin, aber überall schmissen die ihre Chips durch die Gegend.

ERSTE Und sie versuchte, sich zu verdrücken, draußen im Speisesaal, wo getanzt wurde, aber die Schwester war wie eine Schmeißfliege –

VIERTER Und da war auch schon der Lehrer und: »Ach herrje! Du siehst aber sauer aus!«
ERSTE Und sie dachte: Gleich, gleich, gleich –
VIERTER Gleich, gleich, g-l-e-i-c-h!

Gleichzeitig kommt der Ausbruch bei der Ersten und beim Vierten. Es klingt, als hätte man gleich zwei Leoparden auf einmal auf die Pfoten getreten. Dann wird es ganz still.

ERSTE Sie riß ihre Plastik-Umhängetasche herunter und schlug einfach damit zu.
VIERTER Dem Nächstbesten gab sie einen Schubs, daß er hinflog.
ERSTE Dann ist sie abgehauen.
ZWEITE Dann konnte es ganz schön schwierig sein, sie wiederzufinden.
DRITTER Sie beherrschte die Kunst, sich draußen zu halten.
ZWEITE Um allen diesen Fragen zu entgehen und Erklärungen und Gelaber und warum, warum, warum könnt ihr euch denn nicht vertragen.
DRITTER Als wäre sie an allem schuld.
ZWEITE Sie konnte nämlich ganz schön wütend werden.
DRITTER Aber sie konnte sich auch freuen.

Besonders fröhliche Musik. Jemand/Vierter kommt mit grotesker Gesichtsmaske mit großem, lachendem Mund hereingetanzt.

DRITTER Janasowas. So freute sich das Mädchen im Espenbaum, als das passierte. 10 000 Kilowatt – so fröhlich!

ZWEITE Es war am 12. August und Klaras Namenstag. Am Abend saß das Mädchen im Espenbaum, und da kam der Junge, der so schlau war.

Thema.

Junge/Vierter und Mädchen/Erste herein. Er schnitzt an einem Stock, und sie trägt einen Kassettenrecorder.

MÄDCHEN Ich würde gern in Frankfurt wohnen. Was man da alles machen kann – wo meine Tante und mein Onkel wohnen, gibt es vier Kinos in einer klitzekleinen Straße. Die Mutti will auch, daß wir hinziehen, aber der Vati sagt, er kriegt in Frankfurt nicht wieder so eine gute Stelle. Obwohl das bestimmt bloß Gerede ist. Er lügt wie gewöhnlich.

JUNGE Ich finde deinen Vati ganz in Ordnung.

MÄDCHEN Wieso das?

JUNGE Ja, ich finde ihn nett.

MÄDCHEN Bah! Du solltest ihn bloß erleben. Wenn du bei uns bist oder sonst wer, da spielt er sich auf. Sonst hat er fast immer miese Laune, schimpft und sucht Streit. Es ist richtig schön, kann ich dir sagen, wenn er weg ist. Er ist oft weg zu Konferenzen in Frankfurt und München. Einmal war er in Amerika, in Los Angeles, anderthalb Monate. Hoffentlich fährt er wieder hin, daß man auch mal seine Ruhe hat.

JUNGE Komisch.

MÄDCHEN Obwohl es ja auch ganz schön sein kann, wenn er wiederkommt, da bringt er nämlich immer was mit, lauter Sachen, die es hier noch nicht gibt. Den hier hat er zum Beispiel aus Japan angebracht.

Obwohl er ihn bestimmt billig gekriegt hat. Der Alte ist so was von geizig. Wenn man bloß die kleinste Kleinigkeit haben will, muß man quengeln und quengeln. Er will alles Geld behalten und Schnaps dafür kaufen. Ein richtiger Saufbold ist das.

JUNGE Wie kannst du so über deinen eigenen Vater reden?

MÄDCHEN Ach, hör doch auf! Ich kenn ihn doch besser als du, ich weiß doch, wie der ist. Vorigen Sommer, wie wir auf Ibiza waren, da hatten sie ein Boot gemietet, sie wollten nämlich eine Kreuzfahrt machen, und der Alte hatte noch so viel Schnaps im Kopf, wie gewöhnlich, und da kamen Jessica und ich auf die Idee, wir könnten ihn reinlegen, und da haben wir . . .

JUNGE Hör auf! Ich finde es schlimm, wenn du so redest.

MÄDCHEN Ich kann wohl noch reden, wie ich will. *Gedrückte Stimmung.* Und dein Vater, ist der so unheimlich gut?

JUNGE Weiß nicht.

MÄDCHEN Weißt nicht?

JUNGE Ich hab so gut wie keinen.

MÄDCHEN Ach je –

JUNGE Ich hab ja eine Mutter.

MÄDCHEN Und wie ist die?

JUNGE Du hast sie doch kennengelernt.

MÄDCHEN Ach so, war sie das, ja, die ist anscheinend – prima.

JUNGE Nicht viel auszusetzen an ihr.

MÄDCHEN Hat die denn nie schlechte Laune?

JUNGE Furchtbar oft.

MÄDCHEN Na, dann kennst du das ja.

JUNGE Aber deshalb muß man doch nicht rumlaufen und schlecht von ihr reden. »Und blöd ist die, also weißt du ...« Das würde ich nie machen.

MÄDCHEN Was würdest du denn machen?

JUNGE Man kann doch über Menschen nicht einfach reden wie über Fernsehprogramme. Der und der ist unheimlich klasse, und die ist unheimlich mies.

MÄDCHEN Wieso Fernsehprogramme?

JUNGE Man muß doch versuchen zu begreifen, warum Menschen sind, wie sie sind.

MÄDCHEN Und dann?

JUNGE Wie meine Mutter zum Beispiel. Warum hat sie schlechte Laune? Na, vielleicht weil sie jeden Morgen früh raus muß zu einer Arbeit, die sie nicht mag, und sie weiß, sie kriegt keine andere, obwohl sie es versucht hat, und schließlich muß sie allein für uns sorgen, da fängt man ja an, was zu begreifen. Man muß doch versuchen, von anderen Menschen was zu begreifen. Dann kann man sich vielleicht Mühe geben und was dagegen machen. Anders hat es doch keinen Sinn.

ZWEITE und DRITTER *glückselig* Wowww! Das gefiel dem Mädchen im Espenbaum! Mmmmmmmm. *Sie umarmen den Jungen und küssen ihn ab.* Sowas Schlaues, das gefiel ihr. Mal was anderes und Schlaues. Wie ihr das gefiel! Aufs Podest mit dem Jubelidioten. Applaus und Pfiffe.

Sie halten den Arm des Jungen in Siegerpose hoch. Tosender Applaus, aber dann werden die Zweite und der Dritte seltsam nachdenklich.

ZWEITE Applaus, ja ...

DRITTER Und Pfiffe ...

ZWEITE Das war also die Sache mit dem Vati.

DRITTER Sie selber schämte sich ja so wahnsinnig wegen ihres Vaters. Jedesmal, wenn Freunde da waren, schämte sie sich so, daß sie ganz rot wurde.

ZWEITE Er lief im Unterhemd herum und hatte Haare unter den Armen, und wenn Freunde da waren, machte er immer auf lustig und sagte Sachen wie:

DRITTER »Can you speak English? – Nein, kenn ich nicht, tut mir leid.«

ZWEITE Und das fand der lustig. Und das Mädchen schämte sich, schämte sich, schämte sich.

DRITTER Aber sie wollte sich nicht schämen. Und auf ihrem Weg da unten nichts los. Nichts.

ZWEITE Da machte sie sich auf in die Phantasie. In die Zukunft.

DRITTER In zwanzig Jahren, wenn sie selber groß wäre – das würde was werden, das ...

ZWEITE Ojoj. Wer würde sich dann schämen?

DRITTER Es war im August des Jahres 2003. Eines Abends hielt draußen ein zitronengelber Cadillac.

Vierter/Manager herein.

MANAGER Jaha, meine Herren, ich bitte um Aufmerksamkeit! Ein großer Besuch steht an. Ein großer Besuch. *Er gibt jedem ein Fähnchen in die Hand.* Sie stellen sich dorthin und Sie hier.

DRITTER Verzeihung – worum geht es denn?

MANAGER Das Mädchen im Espenbaum besucht zum ersten Mal seit fünfzehn Jahren wieder seine Heimat.

ZWEITE Das Mädchen ... ach ja ... mal sehn ... Die, ja, wie hieß die doch –?

MANAGER Spielt keine Rolle, wie sie hieß. Heute heißt sie Liliane Lou. *Er spricht den Namen buchstabengetreu aus. Zum Publikum.* Genau. So hatte sie da oben nämlich heißen wollen, sobald sie selbst entscheiden konnte, irgendwas Flottes wie Liliane Lou.

DRITTER Liliane Lou!!!

ZWEITE Die ist doch weltberühmt!

DRITTER Meint ihr, die kommt hierher?

MANAGER Ja, aber denken Sie daran: Aufmerksamkeit! Mit Liliane Lou ist nicht zu spaßen. Niemand darf mit ihr reden. – Darf ich um absolute Stille bitten. *Er geht. Die anderen können es nicht lassen und flüstern.*

DRITTER Liliane Lou! Kaum zu glauben. Ganz heimlich ist sie hergekommen von ihrem Schloß in Italien.

ZWEITE Wo sie zurückgezogen mit ihren berühmten Schäferhunden lebt. *Man hört gedämpftes Hundegebell.*

DRITTER Daß man die leibhaftig zu sehen bekommen soll!

ZWEITE Ja, das gibts ja nicht. Das gibts ja nicht.

Manager führt Liliane Lou/Erste herein. Eine märchenhafte Erscheinung. Das Hundegebell folgt ihr.

MANAGER Liliane Lou hat beschlossen, bei ihrem Besuch in der Heimat an dieser Espe eine silberne Gedenktafel anzubringen. Die Inschrift lautet: »In diesem Baum saß Liliane Lou in ihrer Jugend häufig des Abends.« *Er holt eine Trompete hervor und bläst eine Fanfare. Danach will er die Tafel am Stamm befestigen, aber er wird unterbrochen.*

ZWEITE Okay. Das waren ja nun alles liebliche Träume.
DRITTER Weniger lieblich ging es zu, als zwei ihrer Klassenkameraden sich einmal unter der Espe niederließen.
ZWEITER Das war am 16. August –
DRITTER Neunzehnhundertdreiundachtzig.

Thema.

Der Eine/Dritter und der Andere/Zweite Freund kommen herein. Sie kauen rosa Bubbelgum. Der Eine hat eine alte Milchkanne bei sich, an die er den Anderen nicht heranläßt.

DER EINE Hör doch auf!
DER ANDERE Du bist aber auch!
DER EINE Da darf kein Licht dran, sag ich doch.
DER ANDERE Hier ist es doch nicht besonders hell. Ist das ne Spinne?
DER EINE Spinne? Hör auf! – Das ist meins.
DER ANDERE Ja, aber bald . . .
DER EINE Das ist was unheimlich Ekliges, da würde dir schlecht.
DER ANDERE Schlecht, son Quatsch. Ich sag dir, ich hab viel ekligere Sachen gesehn, als du dir vorstellen kannst.
DER EINE Du?
DER ANDERE Wirklich scheußliche.
DER EINE Was denn?
DER ANDERE Ein Arztbuch zu Hause, wo sie Därme operieren –
DER EINE Das ist doch nichts.
DER ANDERE Meinst du? – In Farbe. Mit durchsich-

tigen Bildern, die man so auseinanderfaltet. Und eine Frau, die Fleckfieber hat und da sitzt und bloß so in einen Eimer vor sich starrt –

DER EINE Wir haben zu Hause ein Arztbuch aus dem Krieg –

DER ANDERE Was für Krieg denn?

DER EINE Zweiter Weltkrieg. Wo sie einem Soldaten die Lunge rausgeschossen haben. Da kann ich gar nicht hingucken, so eklig ist das.

DER ANDERE Woher weißt du dann, daß das eklig ist?

DER EINE Ich habs doch gesehen –

DER ANDERE Ja, aber du kannst doch nicht hingukken.

DER EINE Hab ich aber trotzdem –

VIERTER *kommt herein* Ja, ja, ja, ja, ja – Genau so! So gehört sich das: Jeder muß der Größte sein. Die da oben wollte herunterkommen und – *Er geht zum Einen, streckt ihm die Zunge heraus und macht »Bääähl«*

ERSTE Aber sie traute sich natürlich nicht. Sie hatte ja schreckliche Angst, man könnte sie da oben in der Espe entdecken. Das wäre wirklich zu lächerlich.

DER ANDERE Also jetzt machst du dich lächerlich. Und wie. Daß du einem Kumpel nicht was zeigen kannst. – Was hast du da drin?

DER EINE Was krieg ich, wenn ichs zeige?

DER ANDERE Nichts.

DER EINE Na, dann. *Er will gehen.*

DER ANDERE Daß du so blöd bist, hätte ich nicht gedacht. Ich wußte schon, daß du blöd sein kannst, aber so blöd, das hätte ich nicht gedacht – *Der Eine geht mit seiner Milchkanne vorsichtig um den Anderen herum.* Bist du lächerlich. Laß schon sehen.

Der Eine nimmt den Deckel ab und zeigt den Inhalt. Der Andere gerät außer sich vor wollüstigem Abscheu. Sie laben sich ein Weilchen an dem Anblick, dann entdeckt der Eine Café-Paulchen.

DER EINE Café-Paulchen!
ERSTE Auch das noch. Hier kam Café-Paulchen, und sie da oben wußte ganz genau, was nun geschehen würde. Sie kletterte vorsichtig einen Ast höher hinauf, und da:

Eine Taschenlampe fällt vom Baum und schlägt auf dem Boden auf. Die anderen reagieren, aber sehen nicht die Lampe und richten ihre Aufmerksamkeit im übrigen ganz auf den Auftritt von Café-Paulchen/Vierter.

DER EINE Hallo!
DER ANDERE Frierst du?
CAFÉ-PAULCHEN Nee . . . das nicht . . .
DER ANDERE Hat die Mutti dir die Mütze aufgesetzt?
CAFÉ-PAULCHEN Nee, ich selber. *Er stößt mit der Zunge an.*
DER ANDERE Was sagst du?
CAFÉ-PAULCHEN Die hab ich selber . . .
DER ANDERE Selber – *lispelt* – heißt das nicht, das heißt selber.
DER EINE *äfft ihn nach* »Selber, selber.« Sag mal »Suppe«.
CAFÉ-PAULCHEN Suppe.
DER ANDERE Suppe. Suppe heißt das. »Suppe«, »selber« – he – du redest ja wie ein Mädchen.
DER EINE Kleines Mädchen ißt »Suppe«.

CAFÉ-PAULCHEN Laßt das!
DER EINE »Laßt das!«
DER ANDERE Jetzt kriegst du was zu sehen, Mädchen. *Er drückt ihn zur Milchkanne hinunter und nimmt den Deckel ab.*
CAFÉ-PAULCHEN *ruhig* Habt ihr die totgemacht?
DER EINE Totgemacht! Die lebt. Die liegt bloß still. Nimm sie mal in die Hand!
CAFÉ-PAULCHEN *nimmt ganz ruhig eine tote Schlange aus der Kanne* Und ob die tot ist.
DER ANDERE Ist sie nicht eklig?
CAFÉ-PAULCHEN Nee.

Plötzlich geht die Erste über die Bühne, starrt in das Laubwerk der Espe hinauf und tritt wütend gegen das Fahrrad.

DER EINE Halt ihn fest! *Sie fallen über Café-Paulchen her und stopfen ihm die Schlange unters Hemd. Dann rennen sie weg.*

ERSTE Sie da oben hätte ja nun wirklich herunterkommen und Café-Paulchens Partei ergreifen können. Aber sie tat es nicht. Sie blieb da oben sitzen und fühlte sich ganz zufrieden, daß sie so war, wie sie war. Richtig glücklich war sie und steckte noch einen Bubbelgum in den Mund. *Die Erste steckt einen Kaugummi in den Mund und karikiert böse die Selbstgefälligkeit des Mädchens.* »Ein Glück, daß man nicht ist wie der da. Daß man ist, wie man ist. Daß man ist wie alle anderen.« *Die Erste ist wirklich wütend, als sie die Bühne verläßt. Dreht sich um und zischt zur Baumkrone hinauf.*
VIERTER Und sie merkte nicht, daß Café-Paulchen

ihre Taschenlampe gefunden hatte. Er dachte, jemand hat sie verloren, hob sie auf und verschwand.

ZWEITE Plötzlich – merkte das Mädchen etwas ...

ERSTE Einen Sog.

ZWEITE Plötzlich, auf einmal, wie sie da saß –

ERSTE Ein Sog.

ZWEITE Naja, schwer zu sagen. Aber – das mit der Espe fing an, ein ganz klein bißchen öde zu werden.

ERSTE Bemerkte sie.

ZWEITE Man spürte, wie es sich zusammenzog.

ERSTE Pechschwarze und kalte Abende.

ZWEITE Ach ja.

ERSTE Vertraute Gesichter, die seit Juli weg gewesen waren, tauchten auf –

ZWEITE Sieh mal an.

ERSTE Beim Kaufhof hatten sie Schultaschen im Schaufenster.

ZWEITE Schultaschen, Dunkelheit und vertraute Gesichter.

ERSTE Es zog sich ganz allmählich zusammen, und das Mädchen spürte einen Sog.

ZWEITE Sie ging an der Schule vorbei. Guckte hinein. Alles kalt und sauber drinnen. Und dann dieser Geruch von Bleistiftspitzern und Fußschweiß und –

ERSTE Bald würde das wieder losgehen. Und sie dachte an neue Hausaufgabenhefte mit leeren Seiten und an neue Stifte. Und dunkle Abende, an denen man sich untereinander besuchte.

ZWEITE Es zog sich zusammen, sie spürte es.

ERSTE Der letzte Abend, an dem das Mädchen im Espenbaum saß, war ein windiger Abend, der einundzwanzigste August. Nicht mal eine Katze war draußen. Es geschah nichts. Absolut nichts.

Ulkige Musik. Ein Herr in mittleren Jahren tritt auf und beginnt zu unserer Verblüffung eine Tanznummer vorzuführen, eine so bizarre, daß Welten zusammenstürzen und Abgründe sich öffnen. Das kommt daher, daß er nach dem alten Varietétrick die Kleidung falsch herum angezogen und eine Maske im Nacken hat. Nachdem er etliche Runden getanzt hat, demaskiert er sich und spricht:

HERR/VIERTER Ja, Okay. Das hatte sie sich ausgedacht. Aber plötzlich kam die Wirklichkeit. Am stürmischen letzten Abend kam unten auf dem dunklen Weg einer, der das Mädchen fast in Todesangst versetzte.

Herein der Pirat/Dritter in einem unsäglich zerlumpten Mantel und mit einer Plastiktüte mit undefinierbarem Inhalt. Er sieht ziemlich schrecklich aus. Er entdeckt das Fahrrad des Mädchens, geht hin, nimmt es und dreht eine Runde. Man hört die ganze Zeit den Wind heulen. Dann kommt der Mann zurück und entdeckt unerwartet das Mädchen oben im Espenbaum.

PIRAT Schönen guten Tag.

Pause. Nur der Wind.

ZWEITE *souffliert leise* Das Mädchen im Espenbaum fürchtete sich so entsetzlich, daß ihm fast schlecht wurde.

PIRAT Halt dich fest, daß du nicht runterfällst, Mädchen! Ich bin mal fünfzehn Meter tief direkt auf die Planken gefallen, das war auf See. Hier gebrochen und Beinbruch an sechs Stellen. Aber sonst war nichts. Ich war erst vierzehn Jahre. Es war die erste Fahrt nach Göteborg. – Obwohl das hier nicht heilen wollte, noch lange danach.

ERSTE Das Mädchen erkannte ihn wieder.

PIRAT Obwohl das klar ist: ist doch seltsam, daß man das aushält. Kein Gips, nichts. Schnell sollte es gehen, und es war ja bloß ein Vierzehnjähriger – da nahm man das nicht so genau. Und sie redeten holländisch. Und Schmerzen hatte ich, ich schrie und brüllte, aber die: »Drifraschwaschwischfrachendipkrachen . . .«

VIERTER Doch, sie erkannte ihn wieder. Das war einer, vor dem sie alle eine Heidenangst hatten: der Pirat.

PIRAT Ja, das waren schwere Jahre! Mein Gott! Und alle hauten einen übers Ohr, weil man zu gutmütig war. Und dann ich mit meinen fünfzehn Jahren. Ich mußte meine Mutter und meine jüngeren Geschwister versorgen, und ich hatte solche Schmerzen, daß ich mich kaum rühren konnte, und man wurde betrogen, weil man zu gutmütig war. Ich habe mich nie wehren können, und das muß man, denn sonst sind immer gleich welche da, die setzen sich auf einen drauf. Doch, nachher, wenn es zu spät ist, da ist einem ja immer eingefallen, wie man hätte loslegen sollen –

ZWEITE Es hieß, er hätte immer ein Messer bei sich.

PIRAT »Andreas«, haben sie gesagt, »du bist einfach zu gutmütig.« »Ja, ich weiß, ich kann nichts dafür«. Ja, seltsam, daß man das aushält. Und man hat doch keinem Menschen was Böses gewollt. Aber wenn man Pech hat, dann sind sie alle da und trampeln auf einem herum. Du! *Er ist im untersten Astwerk des Baums und grapscht herum, um sie zu erwischen.*

ERSTE Das Mädchen dachte, wenn der auch nur – dann tret ich zu –

PIRAT Du! – Das ist doch komisch, wie die Menschen aufeinander herumtrampeln. Daß man immer Erfolg haben muß, sonst wird man niedergetrampelt. Daß man nicht einfach gutmütig sein kann, denn dann sind sie sofort zur Stelle und trampeln auf einem herum.

VIERTER Oder ich schreie so laut ich kann.

PIRAT Und je mehr Pech man hat, um so mehr sieht man, daß die anderen Glück haben, und um so erbärmlicher kommt man sich vor. Das ist dann, als ob – *Die Sprache versagt ihm, er verbirgt sein Gesicht in den Händen.*

ZWEITE Schrei, schrei, schrei . . .

VIERTER Aber das tat sie nicht. Sie sah den Piraten an. Heult der?

ZWEITE Heult der?

ERSTE Heult der?

PIRAT *nimmt seine Tüte und geht* Paß auf, daß du nicht runterfällst.

ZWEITE Das Mädchen sah, wie der Pirat in der Dunkelheit verschwand.

ERSTE Der Wind war scheußlich kalt.

VIERTER Jetzt merkte man, daß es Herbst war.

Der Wind schwillt zu einem regelrechten Orkan an. Es heult nur so. Das Unwetter wird gleichzeitig pantomimisch auf der Bühne dargestellt. Währenddessen wird das Fahrrad beiseite geschafft. Nachdem das Unwetter sich beruhigt hat, steht die Espe also allein da. Eine gewisse Einsamkeit liegt über der Spielfläche.

ERSTE Es war Herbst, und die Schule hatte angefangen.
ZWEITE Das Mädchen verließ den Espenbaum und saß nie mehr dort.
DRITTER Aber manchmal dachte das Mädchen an sie.
ERSTE An Martin, auf den keiner hörte.
VIERTER An den Jungen, der so schlau war.
ZWEITE An Café-Paulchen und an die tote Schlange.
DRITTER An den Piraten, der auf einmal heulte.
ERSTE Und die anderen sagten:

Es wird deutlich, daß die Erste das Mädchen darstellt und die übrigen ihre Kameraden.

ZWEITE Komm! Beeil dich! Dem Café-Paulchen haben sie ne tote Ratte in die Mütze gesteckt.
DRITTER Beeil dich! So groß ist die! Komm – wir müssen uns beeilen!
VIERTER Was ist los mit dir? Beeil dich, sonst kommen wir zu spät!
ZWEITE Was überlegst du?
DRITTER Willst du nicht mit?
VIERTER Was machst du denn fürn Gesicht?

Das Mädchen/Erste macht ein ganz unergründliches Gesicht. Das dauert eine Ewigkeit an. Das Mädchen mustert seine Kameraden nur mit rätselhaftem Blick. Dann atmet es tief ein.

Hier wird der Vorgang von den anderen abgebrochen, die das Stück fast wie mit einem Reklameslogan beenden.

DRITTER Und hier –
VIERTER – ist das Stück vom Mädchen im Espenbaum –
ZWEITE – zu Ende!

Das Thema wird noch einmal aufgenommen und zu Ende gespielt.

Börje Lindström

Sprit

Ein Stück über Kinder, Erwachsene und Alkohol

Personen

Mädchen – Schauspielerin A
Mutter – Schauspielerin B
Junge/Freund – Schauspieler C

Szene 1

Auf dem Hof des Hauses, in dem das Mädchen wohnt. Der Junge pfeift sein Signal. Das Mädchen kommt heraus.

JUNGE Warum warst du heut nicht in der Schule? Macht keinen Spaß, wenn du nicht da bist. Warum warst du nicht da?

MÄDCHEN Mir gehts nicht besonders.

JUNGE Bist du richtig krank, oder ist das mehr vorübergehend?

MÄDCHEN Ich weiß nicht.

JUNGE Was ist denn los mit dir?

MÄDCHEN Ich weiß nicht.

JUNGE Mir kannst dus doch erzählen. Wenn dus mir erzählst, dann zeig ich dir meine Zunge. Ich kann was ganz Tolles mit meiner Zunge, das kann keiner sonst. Können wir nicht raufgehen zu dir?

MÄDCHEN Nein, das geht nicht. Nein, das geht nicht. Meine Mutter ist weg. Ich meine, sie wohnt schon noch hier, bloß ich weiß nicht, wann sie nach Hause kommt.

JUNGE Eine Mutter, die weg ist, ist keine Mutter. Aber das ist immer noch besser als son Vater wie der Paul hat.

MÄDCHEN Was ist denn mit Paul seinem Vater?

JUNGE Alkoholiker ist der.

MÄDCHEN Ach so, wußt ich nicht.

JUNGE Weil dem Paul sein Vater Alkoholiker ist, darf ich mit dem Paul nicht spielen. Meine Mutter sagt, ein Alkoholikerkind kann leicht ein begabtes Kind wie mich verderben. Schade, eigentlich ist der ganz nett.

MÄDCHEN Du, zeig mal deine Zunge!

Der Junge zeigt seine Zunge und macht vor, wie er sie rollen kann. Das Mädchen antwortet, indem es seinerseits die Zunge zeigt. Begeisterung. Dann genieren sich beide.

JUNGE Ich muß jetzt nach Hause. Meine Mutter sagt, es gibt heut abend Pfannkuchen mit Apfelkompott. Du kannst gerne mit essen, wenn du magst.

MÄDCHEN Nein, das geht nicht. Wenn meine Mutter nach Hause kommt, macht die Waffeln mit Sahne und selbstgemachtem Erdbeerkompott und Eis und Schokoladensoße und kleine Törtchen, die schmecken nach Blaubeeren.

JUNGE Na dann. Also bis morgen, in der Schule. *Er geht.*

MÄDCHEN *ruft ihm nach* He, du! Tschüs!

JUNGE *dreht sich um* Ja, tschüs!

Szene 2

Nacht. Das Mädchen ist noch auf und wartet. Wie sie die Mutter mit einem Mann nach Hause kommen hört, legt sie sich hin und tut so, als ob sie schliefe. Dem Auftritt des Paares gehen allerlei seltsame Geräusche voraus.

MUTTER ... schon Nacht ...

FREUND ... schon nackt ... *Er lacht.*

MUTTER Saufkopp!

FREUND Lechz lechz, woff woff ...

Im Nebenzimmer macht das Paar weiterhin seltsame Geräusche – bis die Mutter sich kurz entschlossen aufrafft.

MUTTER Komm, ich zeig sie dir mal.
FREUND Wen – sie?
MUTTER Meine kleine Tochter.
FREUND Hast du ne Tochter?
MUTTER *zieht ihn ins Zimmer des Mädchens* Ja. Da ist sie.
FREUND *rülpst* Oh, tschuldige! *Rülpst.*
MUTTER Guck doch.
FREUND Jahaa. *Er guckt pflichtschuldig und wendet sich wieder ab.*
MUTTER Ist sie mir nicht ähnlich? *Die Mutter hebt die Decke hoch.* Siehst du, ihr Körper, wie ein kleiner Vogel, so zart. Muttis kleines Vögelchen – piep piep piep.
FREUND Oder ein Kätzchen. Kleines Kätzchenschätzchen – miau miau miau. *Der Freund streichelt die Mutter.*
MUTTER *wehrt seine Zärtlichkeiten ab* Du bist ja nicht gescheit. Katzen fressen doch Vögel.
FREUND Genau. Machen die auch. *Er geht wieder auf die Mutter los. Das Mädchen sieht auf und zieht die Decke hoch.* Sie hat sich bewegt!
MUTTER Nee, die schläft. Muttis kleines Vögelchen schläft. Da liegt sie und schläft so tief und so gut, so gut. *Die Mutter deckt das Mädchen zu.*
FREUND Jetzt legen wir uns aber auch hin, wie?
MUTTER Sollen wir uns auch hinlegen? . . . *Die beiden wenden sich ab und fangen an, sich gegenseitig auszuziehen. Plötzlich hält die Mutter inne.* Erst muß ich meinem Vögelchen Gute Nacht sagen.

FREUND Jetzt? Aber die schläft doch schon.

MUTTER Du verstehst nichts von Kindern. Kinder und Vogeljunge müssen einen Gutenachtkuß haben, wenn die Mutti nach Hause kommt. Piep piep piep. *Deckt das Mädchen noch einmal zu.* Ist ja nur die Mutti. *Das Mädchen setzt sich auf, wie im Protest.* Du mußt jetzt schlafen. Ist schon ganz spät. Und dann kriegt die Mutti einen Gutenachtkuß, einen richtig dicken Schmatzer. Muttis Vögelchen. Piep piep piep. *Mutter und Freund geben dem Mädchen einen Kuß.*

Szene 3

SCHAUSPIELERIN A So widerlich muß man doch nicht werden, wenn man getrunken hat.

SCHAUSPIELER B UND C Nein. Aber ehrlich.

A So muß man sich wirklich nicht aufführen. Feine Leute benehmen sich nicht so, wenn sie trinken.

C Nein, die werden bloß noch feiner.

A Reizender.

C Eleganter.

A Ja, sieht man auch im Fernsehen.

C Aber die sitzen nicht hier.

A Die sitzen in einer glitzernden Bar.

C In die Bar kommt auch nicht jeder rein.

Schauspieler B und C verändern sich, nehmen bedeutende Miene und Haltung an.

A Nein, in der Bar sitzen nur bedeutende Personen. *Man betritt die Bar.* Direktoren. Filmstars. Prominente. Und ab und zu ein paar Gewöhnliche.

B UND C Wie sind die da reingekommen?

A Wenn hier bloß Ungewöhnliche rumsitzen, dann ist es ja nicht ungewöhnlich, daß man ungewöhnlich ist. Es muß der eine oder andere Gewöhnliche dabei sein, damit die Ungewöhnlichen sich auch ungewöhnlich fühlen können. *Schauspielerin A wird Kellner.* Guten Abend. Wie wärs mit diesem Tisch? Was darf es sein?

C Ja, der Johann, hallo! Da sind Sie aus den Ferien zurück. Wie wars denn?

A Ja, ich ...

C Das hört man gern. Also vorweg eine Pastete Zwirbelbart. Und wie ist heute Ihr Steak à la Seltsam?

A Also, das ist heute ganz besonders außerordentlich seltsam.

C Klingt ja ausgezeichnet. Und als Nachtisch nehmen wir flambiertes Rosenohr mit Schlagsahne.

A Und zu trinken?

C Erst einmal einen Aperitif Atmosphère.

A Und zur Pastete?

C Jeder ein Glas Schatoh Hinter den Sieben Bergen.

A Und zum Steak?

C Eine Flasche Hoher Brummschädel, im Kühleimer.

A Und zu den Rosenohren?

C Einen Café Abstinent.

A Besten Dank. – Was für eine Bestellung!

C Die essen gar nicht die Teller leer.

B Aber die Gläser haben sie ausgetrunken.

C Wie wärs mit einem Drink, meine Schöne? Zwei dreifache Dracula! Prost, meine Liebe!

B Prost, Gustav!

Sie fangen an zu tanzen.

C Was für ein wunderbarer Abend, Liebling. Und was für ein wunderbarer Drink.

B Wunderbar, Gustav, ganz einfach wunder – *hicks* bar! – Die hat gehickst.

C Ach was, hat die gar nicht.

B Hat die wohl.

A Bedeutende Menschen hicksen nicht.

C Entschuldige, Liebling, ich muß mal eben zum Waschraum.

B Natürlich, Gustav. – Will der sich jetzt waschen?

A Rindvieh! Frag nicht so blöd! Feine Menschen sagen Waschraum. Wenn sie aufs Klo müssen.

Schauspieler C fällt hin.

C Der fällt die ganze Treppe runter.

A Dann muß an der Treppe was nicht in Ordnung sein.

B Meinst du?

A Klar. Ein bedeutender Mensch fällt nicht von selber hin. Da muß schon irgendwas irgendwie nicht in Ordnung sein, damit der hinfällt.

B Aber der hat doch so viel getrunken.

A Davon kommt das nicht. Das kommt von der Treppe.

B Aber der ist ja ganz voll.

A Der ist nicht voll.

B Der ist total voll.

A Der ist nicht voll.

B Der ist unheimlich voll. Das bedeutet ...

A Der ist nicht voll. Der ist bedeutend.

B Der kann ja nicht mal mehr aufstehen.
A Der ist nicht voll, der ruht sich bloß aus.
B Jetzt kommt seine Frau. Sie geht sich frischmachen.
A Wie elegant.
B Jetzt ist sie auch hingefallen. Die sind alle beide total voll.
A Das stimmt nicht. Bedeutende Menschen sind nie total voll.
C Johann! Johann! Die Rechnung! Die Rechnung!

A wird wieder Kellner.

A Bis zum nächsten Mal!
B Gustav. Jetzt müssen wir aber wirklich gehen.
C Tragen Sie uns zum Taxi!
A Auf Wiedersehen!
C Tragen Sie uns zum Taxi! Getragen werden wollen wir! Hoppla, jetzt hab ich wohl auf ihre schöne Uniform gespuckt.
A Aber nicht im geringsten! Auf Wiedersehen! Kommen Sie bald wieder!
B Das war ein ganz reizender Abend. Dankeschön. *B übergibt sich.*
C Wunderbar, ganz einfach wunderbar. *C übergibt sich.*
A Auf Wiedersehen! Und kommen Sie bald wieder! Auf Wiedersehen!

B und C gehen hinaus.

A Die waren ja genau so voll, wie meine Mutter und ihre Freunde meistens sind.

Szene 4

Morgen. Die Mutter und der Freund schlafen. Das Mädchen findet mehrere versteckte Alkoholflaschen, wirft sie in den Müllschlucker. Das Telefon klingelt. Das Paar wacht auf.

FREUND Piep piep piep, Vogelmütterchen.
MUTTER Oh, diese Kopfschmerzen!
FREUND Hast du Tabletten?
MUTTER Hörst du nicht, daß es klingelt? – Viersehnachsehnneunswansich. Ja, sicher bin ich Frau, ja, selber. Vom Sozialamt, nee, guten Abend. Nein, ich bin nicht erkältet. Ich hab grade mit meiner Tochter einen erfrischenden Spaziergang in der Morgenkühle gemacht. *Das Mädchen klammert sich an die Mutter.* Moment mal. Was machst du denn da? *Die Mutter stößt das Mädchen weg.* Ich telefoniere doch. Hallo, ja. Gestern konnte ich nicht zum Sozialamt kommen, leider. Meine Tochter hatte so furchtbare Bauchschmerzen, daß ich mit ihr zum Arzt fahren mußte.
FREUND Du warst krank? *Das Mädchen schüttelt den Kopf.*
MUTTER Probleme mit dem Trinken? Ich? Aber ich sag doch, es geht mir ausgezeichnet. Meiner Tochter geht es auch ausgezeichnet. – Bauchschmerzen? Wieso Bauchschmerzen? Ach so, das, ja. Das war bloß vorübergehend.
FREUND Na sowas. Kümmert sich deine Mutter nicht richtig um dich?
MÄDCHEN Die kümmert sich ja nicht mal um sich selber. Ich muß mich doch meistens um sie kümmern.

MUTTER Moment mal. Du hältst den Mund jetzt! Hört ihr nicht, daß ich telefoniere! Sie wollen mich zu Hause besuchen? Warum das denn? Ich würde meine Tochter vernachlässigen? Das ist ja einfach lächerlich! Meine Tochter und ich, wir haben ein ausgezeichnetes Verhältnis miteinander. Können wir keinen Termin vereinbaren? Aha, können wir nicht. Aber wann kommen Sie dann? Aha, wenn Sie kommen, sind Sie da ... Ja, wenn Sie meinen. Na gut, danke. Auf Wiederhören. *Mit bittendem Ton zum Mädchen.* Hör mal, meine Kleine ... *Sie wendet sich zum Freund, gibt ihm seine Anziehsachen und zischt ihn an.* Du mußt jetzt weg hier!

FREUND *zischt zurück* Ja ja ja ... *An der Tür.* Bis bald.

Die Mutter wehrt den Abschiedskuß des Freundes ab. Das Mädchen fängt an zu putzen.

MUTTER Mach schon! *Zum Mädchen.* Guck, was du gemacht hast. Jetzt hast du ihn mir weggejagt.

MÄDCHEN Du hast selber gesagt, er soll gehen.

MUTTER Ich kann doch nicht mein ganzes Leben lang nur an dich denken.

MÄDCHEN Ich habe nicht gesagt, daß er weggehen soll.

MUTTER Erwachsene müssen auch mit anderen Erwachsenen zusammen sein. Sonst können sie ihre Kinder nicht lieben. *Die Mutter sucht nach ihren versteckten Flaschen.*

MÄDCHEN *beobachtet sie mit Furcht und Spannung, rafft sich schließlich auf zu fragen* Weshalb haben die vorhin angerufen?

MUTTER Ach Kindchen, mach dir nichts draus.

MÄDCHEN Meinen die, du kümmerst dich nicht richtig um mich?
MUTTER Das kommt schon in Ordnung, paß auf.
MÄDCHEN Wenn die meinen, du kümmerst dich nicht um mich, komm ich dann ins Erziehungsheim?
MUTTER Ach was! Das kommt schon in Ordnung, sag ich doch! Gott, ist mir schlecht!

Das Mädchen geht aus dem Zimmer. Die Mutter findet eine Flasche in einem Versteck, das das Mädchen nicht entdeckt hat. Sie vergewissert sich, daß sie allein ist, und trinkt.

Szene 5

Die Mutter sitzt mit einer Flasche auf dem Sofa. Sie versteckt die Flasche und ruft das Mädchen.

MUTTER Komm, setz dich mal her. Ich fühl mich nicht gut, weißt du.
MÄDCHEN Ja klar.
MUTTER Es kann doch wieder wie früher werden?
MÄDCHEN Was denn?
MUTTER Früher, wenn wir so gesessen haben. Als alles in Ordnung war. Das muß doch gehen?

Das Mädchen setzt sich auf dem Sofa zurecht, die Mutter davor auf dem Boden. Das Mädchen nimmt einen Kamm und fängt an, die Mutter zu kämmen.

MUTTER Was ist eigentlich mit uns, mit dir und mir? *Sie legt dem Mädchen ihren Kopf in den Schoß.*

MÄDCHEN Iih, wie du aus dem Mund riechst!
MUTTER Ich putz mir nachher die Zähne.
MÄDCHEN Du riechst aus dem Mund, weil du getrunken hast. Du trinkst ja jeden Tag. Dafür lebst du. Am Morgen wachst du mit nem Kater auf, und dann ...
MUTTER Nein, ich will nicht hören, was mit uns ist. Sag lieber, wie es sein soll.
MÄDCHEN Wozu soll das gut sein?
MUTTER Und wenn ich morgens nüchtern wäre?
MÄDCHEN Das schaffst du nicht. *Das Mädchen denkt trotzdem nach.* Da würdest du kommen und mich wecken und sagen, ich soll zur Schule gehen.
MUTTER Und dann?
MÄDCHEN Du würdest ein bißchen Tee für mich machen, und dann würde ich zur Schule gehen und du zum Coop in die Getränkeabteilung ... zu deiner Arbeit, wenn du eine hättest.
MUTTER Und am Abend?
MÄDCHEN Da würden wir zusammen essen, Pfannkuchen mit Apfelkompott.
MUTTER Selbstgemacht.
MÄDCHEN Und ich würde erzählen, was in der Schule los war, und du von deiner Arbeit. *Das Mädchen kämmt die Mutter.* Dann würde ein Kollege von dir anrufen und vorbeikommen, und ihr würdet Kaffee trinken und euch was erzählen. Und dann würde jemand aus meiner Klasse herkommen, und wir würden heißen Kakao trinken und frische Brötchen essen.
MUTTER Selbstgebacken. Wie schön wirs haben, du und ich. *Sie legt dem Mädchen wieder ihren Kopf in den Schoß.*

MÄDCHEN Nein, Mutti! Das haben wir nicht. Und du riechst immer noch aus dem Mund. *Das Mädchen fängt an, sich selbst mit harten Strichen zu kämmen.*

MUTTER *holt die Flasche hervor* Ich kann mich ändern. Ich will mich ändern. Ich trink in Zukunft nicht mehr. Noch den letzten kleinen Schluck hier, und dann ist Schluß.

Die Szene wird dadurch abgebrochen, daß A die Rolle des Mädchens verläßt und sich ans Publikum wendet.

SCHAUSPIELERIN A Kennt ihr das hier? *Sie singt.*

Du glaubst doch nicht, daß ich betrunken bin!
Du glaubst doch nicht, ich fall deshalb hin!
Ein kleiner Schluck macht doch gar nichts.
Es ist nicht leicht, daß man immer steht,
Wenn die ganze Erde sich weiterdreht.
Ob du es glaubst oder nicht, es macht mir gar nichts!

Die Melodie wird auf dem Akkordeon wiederholt. A sitzt auf dem Boden. Die Mutter hangelt sich aufs Sofa.

Szene 6

Das Mädchen sitzt auf dem Boden. Die Mutter liegt erschöpft auf dem Sofa. Es klingelt. Das Mädchen fährt hoch, geht vorsichtig zur Tür. Es klingelt wieder.

MÄDCHEN Wer ist da? *Man hört den Signalpfiff des Jungen.* Ach, du! *Zum Publikum.* Ich dachte, der vom Sozialamt.

JUNGE Willst du nicht aufmachen?

MÄDCHEN *sieht sich in dem unaufgeräumten Zimmer um, hat eine Idee: die Mutter zudecken* Ja klar, warte.

JUNGE Läßt du mich jetzt rein oder nicht?

MÄDCHEN *hat die Mutter vollständig zugedeckt und geht aufmachen* So, jetzt mach ich auf.

MUTTER *ruft unter der Decke* Den Eimer! Den Eimer!

Das Mädchen kehrt um und holt den Eimer. Der klappert beim Hinstellen.

JUNGE Was machst du denn da?

MÄDCHEN Ich mach bloß ... ne Konservendose auf. Das klingt so hier. *Klappert mit dem Henkel auf dem Eimerrand.*

JUNGE Mußt du grade ne Konservendose aufmachen, wenn du mich reinlassen willst?

MÄDCHEN Nein, ich mach jetzt auf.

MUTTER Den Eimer! Den Eimer!

Die Mutter läßt den Kopf in den Eimer fallen. Das Mädchen eilt ihr zu Hilfe, stellt den Eimer zurecht, so daß es wieder klappert.

JUNGE Wieviele Konservendosen hast du eigentlich?

Die Mutter fängt an, sich zu übergeben. Das Mädchen übersetzt ihre Geräusche.

MÄDCHEN Ganz viele. Ich mach Essen. Jetzt gieß ich Wasser in den Topf. Hast du gehört? Und jetzt kochen die Kartoffeln. Jetzt sind sie gar gekocht.
JUNGE *spielt mit einem Jojo* Du, ich hab ein Geschenk für dich.
MÄDCHEN Ach was.
JUNGE Doch doch.
MÄDCHEN Was denn?
JUNGE Sag ich nicht. Laß mich erst rein!
MÄDCHEN Nein, ich kann jetzt grade nicht so richtig.
JUNGE Aber nachher, wenn das Essen fertig ist?
MUTTER Ich will nichts essen.
MÄDCHEN Du kannst ja ein bißchen später wiederkommen.
JUNGE Du kannst mich doch reinlassen. Ich kann den Tisch decken helfen. Da bin ich quasi Spezialist drin.
MÄDCHEN Jetzt zieh mal ab! Ich hab keine Zeit, sag ich doch!
JUNGE Blöde Ziege! *Er geht.*
MÄDCHEN Blöde Mutti!

Die Mutter wankt aus dem Zimmer.

Szene 7

Das Mädchen ist allein im Zimmer. Sie verkleidet sich und singt – denkt laut – vor sich hin.

MÄDCHEN

Einmal vor langer Zeit,
Es ist lange her und weit,
waren Bäume und Himmel dieselben wie heut,
aber doch ganz anders als jetzt.
Blöde Mutti.

Da war ich jünger und glücklicher,
Und du, du warst älter, vernünftiger.
Da war alles anders als jetzt.

Fröhlicher warn wir auch damals nicht.
Aber wenn wir schon mal traurig warn,
Dann zusammen.
Blöde Mutti.

Jetzt weinen wir beide, jede für sich.
Du weinst für dich. Ich weine für mich.
Das war anders vor der langen Zeit.
Aber das ist lange her und weit.

FREUND *kommt hereingestürmt* Grüß dich!

MÄDCHEN *weicht ihm aus und setzt sich in eine Ecke* Tag.

FREUND Na, wir kennen uns ja schon. Piep piep piep, kleines Vögelchen. War wohl bißchen albern, wie. Mußt du entschuldigen, aber ich war nicht ganz ich selber, damals.

MÄDCHEN Aber jetzt bist du wieder richtig?

FREUND Jawoll. – Aber was ist denn hier los? Hast du einen Kummer? Da weiß ich eine Geschichte, die ist genau richtig, wenn man Kummer hat.

Der Freund erzählt Geschichten und macht dem Mädchen Kunststücke vor, bis er sie schließlich zum Lachen bringt.

MÄDCHEN Ich kann mit den Ohren wackeln.
FREUND Ehrlich? Zeig mal.
MÄDCHEN *begegnet seinem Blick und schlägt die Augen nieder* Nee, jetzt gehts nicht.
FREUND Aber du – ich kann dir was vorzaubern!

Der Freund nimmt einen Hut und fängt an, Münzen aus dem Ohr und der Nase des Mädchens, zwischen den Füßen der Zuschauer hervor etc. in den Hut zu zaubern. Zuletzt muß das Mädchen Pumpe spielen ... er pumpt Münzen aus ihr. Der Freund schüttet die Münzen auf einen Haufen. Den Hut gibt er dem Mädchen.

MÄDCHEN Uii!
MUTTER *kommt herein* Bist du schon wieder da?

Das Mädchen läuft auf die Mutter zu, um ihr die Münzen zu zeigen.

FREUND Gute Frau, ich bin heute zum Zaubern da. *Das Mädchen gibt ihm den Hut.* Sehen Sie dieses leere Behältnis? Und Simsalabim!

Er zaubert eine Flasche hervor. Das Mädchen rennt zur Mutter.

MÄDCHEN Mutti, du hast es versprochen!

Die Mutter stößt das Mädchen beiseite.

FREUND Ein bißchen Asbach macht keinen Gast schwach.
MUTTER Sowas!
FREUND Ein Gordons Dry macht leicht und frei.
MUTTER Nein sowas!
FREUND Das Glück in der Tasche: die Whisky-Flasche.
MUTTER Sowas, nein!
FREUND Ein Gläschen Aquavit macht uns wieder fit.
MUTTER Sowas!
FREUND Und wenn du mal nicht weiter weißt, dann hilft ein Fläschchen Himbeergeist.

Das Mädchen springt aufs Sofa.

MUTTER Sowas, und gleich so viele! *Zum Mädchen.* Geh doch und kauf dir was Süßes von dem Geld.
MÄDCHEN Nein.
MUTTER Dann hol dir einen Saft und setz dich ganz gemütlich zu uns.
MÄDCHEN Ich hab keinen Durst.
FREUND Nein? Aber andere schon.

Mutter und Freund fangen an, heftig zu trinken.

Laß dich benebeln.	Halli.
Laß dich nicht lumpen.	Hallo.
Gieß eins auf die Lampe.	Cognac.
Gönn dir mal eins.	Und Gin.

Einmal ist keinmal.
Zwei Gläschen in Ehren.
Nur dreimal ist richtig.
Prost, altes Haus.

Wodka.
Und Whisky.
Ich glaub,
ich bin hin.

Die Mutter und der Freund trinken weiter.

Die Mütze voll.
Die Beine weich.
Getankt und geladen.
Und dicke und voll.

Besäuselt. Beduselt. Berauscht. Und bedient.
Im Eimer. Am Ende. Im Arsch. Joho! Hallo.

Szene 8

Mutter und Freund auf dem Sofa. Beide murmeln und reden unverständlich, berauscht, euphorisch. Das Mädchen versucht, mit der Mutter ins Gespräch zu kommen.

MÄDCHEN Mutti, trinkst du noch mehr?
MUTTER Ja sicher, mach nur.
MÄDCHEN Wieviel Schnaps hast du eigentlich mit?
FREUND Nein, da mach dir mal keine Sorge.
MÄDCHEN Aber ihr werdet ja total betrunken.
MUTTER Ja sicher, mach nur.
MÄDCHEN Mutti, das ist nicht gut, daß du so viel trinkst. Mutti.
MUTTER Ja klar doch.
MÄDCHEN Darf ich deinen Schnaps ausgießen?
FREUND Ja klar darfst du das.

Das Mädchen nimmt eine Flasche und fängt an, den Schnaps auszugießen. Der Freund fährt auf.

FREUND Mensch Mädchen, was machst du da?
MÄDCHEN Du hast gesagt, ich darf ihn ausgießen.
FREUND Stimmt ja, hab ich gesagt. *Er besieht sich den ausgegossenen Schnaps.*
MÄDCHEN Bist du mir jetzt böse?
FREUND Nein! Ich bin nicht böse.
MUTTER Mit meinem Mädchen schreist du nicht herum!

Das Mädchen springt zur Seite.

FREUND *zum Mädchen* Du brauchst keine Angst zu haben. *Er steht drohend vor der Mutter, wendet sich plötzlich um und wirft den Eimer gegen die Wand.* Dein Mädchen. Die wirst du nicht mehr lange haben, so wie du dich aufführst. *Zum Mädchen.* Du brauchst keine Angst zu haben, Kleine. Die von der Behörde werden sich bald um dich kümmern.
MUTTER Hör auf.

Das Mädchen fängt an zu weinen.

FREUND Sieh mal, was du anrichtest. Du trinkst einfach zu viel, das hab ich schon immer gedacht. Das merkt das Mädchen ja auch.
MUTTER Denkst du auch mal an deine Nase?
FREUND Denk du lieber dran, ein bißchen vorsichtiger mit dem Sprit zu sein, tu ich ja auch.
MUTTER So ne Boxernase, wie du hast.

Die Mutter und der Freund fangen an, sich zu raufen,

das Mädchen greift ein, wird aber gegen die Wand geschubst. Sie erwischt den Eimer und redet laut hinein.

MÄDCHEN *in den Eimer* Ruhe da unten!
MUTTER Die Nachbarn.
MÄDCHEN Jetzt reichts aber! Wir holen die Polizei! Denken Sie wenigstens an Ihre kleine Tochter! Die kann einem ja leid tun!

Die Mutter und der Freund entdecken das Mädchen mit dem Eimer. Gelächter. Die Mutter und der Freund umarmen sich und lächeln mühsam.

FREUND Ach, du meinst wohl, wir mögen uns nicht.

Die Szene wird dadurch abgebrochen, daß der Schauspieler C die Rolle des Freundes verläßt. Er wendet sich ans Publikum.

SCHAUSPIELER C Jesses. Das war ja unerfreulich. So muß es aber wirklich nicht zugehen. Nee, da weiß ich zum Beispiel ein nettes Trinklied. Das hat mein Onkel noch gesungen, wie ich klein war. Das ist nicht nur schön, das ist sogar ein bißchen poetisch. *Er singt.*

Adam spielt auf der Gitarre
Und Eva auf dem Schifferklavier.
Alle Teufel tanzen Polka.
Gott, wie ist das lustig hier!

Schauspielerinnen A und B setzen sich während des Trinklieds aufs Sofa.

Ach, wären alle Bäche Branntwein,
Im Rinnstein flösse Bier daher,
In jeder Pfütze stünde Korn,
Es ging ein Strom von Wein ins Meer.
Bier her!

Schauspieler C geht hinaus.

Szene 9

Mutter und Tochter auf dem Sofa, jede in einer Ecke. Das Telefon läutet.

MÄDCHEN Mutti, es klingelt, hast du gehört?
MUTTER Nein, es hat mich gar nicht gestört.
MÄDCHEN Du, es klingelt, hast du gehört?
MUTTER Dann mach die Tür zu, wenns dich stört.
MÄDCHEN Herrje, es klingelt!
MUTTER Das hör ich auch, daß es klingelt. Geh du dran, ich kann jetzt nicht.
MÄDCHEN Vierzehn achtzehn neunundzwanzig. Hallo! Ja! Moment, bitte! Mutti, der vom Sozialamt. Er will mit dir reden.
MUTTER Ein Glück, daß der vom Sozialamt nicht anruft, ich könnte jetzt nicht reden mit dem.
MÄDCHEN Ja, guten Tag ... die Mutter ... Wie es mit dem Trinken geht? Ganz ausgezeichnet. Ich hab aufgehört zu trinken. Ich mach jetzt immer Kaffee stattdessen, und meine Tochter kriegt Saft. Ja, uns geht es ausgezeichnet. Meine Tochter ist so glücklich über mein neues Leben. Ja, wirklich überglücklich. Was meinen Sie? Meine Stimme klingt kindlich? *Lacht.* Aber Sie hören doch, daß ich es bin. Ich

fühl mich wieder wie jung, seit ich nicht mehr trinke. Ich dachte, ich such mir jetzt eine Arbeit. – Wie? Ach so, dann besuchen Sie mich erstmal nicht. Sie können ja an und für sich jederzeit kommen und nachsehen. Aber die Zeit können Sie sich natürlich sparen. Hier ist alles in Ordnung. Ja, sicher. Rufen Sie an. Ja doch. Rufen Sie in einem Jahr an oder in ein paar Monaten und hören Sie mal nach. Danke. Danke, Wiederhören.

Szene 10

Das Mädchen legt den Hörer auf. Die Mutter bricht zusammen.

MÄDCHEN Was ist?
MUTTER Hingefallen.

Die Türklingel geht. Der Junge pfeift sein Signal. Das Mädchen geht auf die Tür zu, kommt aber wieder zur Mutter zurück.

MÄDCHEN Schläfst du?
MUTTER Nein, ich bin wach. Gleich dreht sichs wieder.
MÄDCHEN Wie denn?
MUTTER Ich lieg ganz still und seh an die Decke. Ich will schlafen, aber wenn ich die Augen zumache, merke ich, wie der Boden wankt.

Der Junge pfeift noch einmal. Das Mädchen geht auf die Tür zu und pfeift zurück. Dann geht sie wieder zur Mutter.

MÄDCHEN Und dann?
MUTTER Ich mach die Augen wieder auf. Dann seh ich, wie sich das ganze Zimmer dreht, immer im Kreis.
MÄDCHEN Wie der Propeller an einem alten Flugzeug. *Das Mädchen fängt an, sich zu drehen.*
MUTTER Genau. Wie der Propeller an einem alten Flugzeug. Und jetzt heb ich ab von der Rollbahn. *Der Junge klingelt weiter.*
MÄDCHEN *hält sich die Ohren zu* Ich hör nichts. Das Zimmer dreht sich und dreht sich. *Das Mädchen hält mit dem Kreiseln inne.*
MUTTER Ich fliege fliege fliege.
MÄDCHEN Aber wohin denn?
MUTTER Das weißt du nicht?
MÄDCHEN Woher denn?
MUTTER Ab in den Schlaf und in die Einsamkeit.
MÄDCHEN Mutti. Mutti, hörst du mich?

Die Mutter dreht sich um. Der Junge klingelt.

JUNGE Ich bins.
MÄDCHEN Komm rein. Die Tür ist offen. *Der Junge kommt ins Zimmer.* Das ist meine Mutti.
JUNGE Guten Tag.
MUTTER Tag.
JUNGE Ach ja, ich hatte doch was für dich. *Er gibt dem Mädchen das Jojo. Er geht zur Tür – und hängt seine Jacke auf.*
MUTTER Helft mir mal hoch.

Der Junge und das Mädchen helfen der Mutter auf die Beine. Das Bild erstarrt.

Per Lysander und Suzanne Osten
Medeas Kinder
nach Euripides

Personen

Klein-Jason, 5 Jahre alt
Klein-Medea, 9 Jahre alt
Jason, Vater der Kinder (vormals Held)
Medea, Mutter der Kinder
Amme Anna, Kindermädchen

1. Prolog
Einführung in die Sage. Vorstellung der Personen. Beschreibung des Konflikts.
2. Kinderebene I, Scheidung, erste Flucht
Die Kinder machen sich Gedanken über die Konsequenz der Scheidung, und Klein-Jason beschreibt eine Utopie. Die Amme wird befragt.
3. Klassikerebene I, Medeas Depression
Medea klagt ihre Trauer. Die Amme tröstet und schützt die Kinder. Die Kinder treffen ihren Vater. Ausbruch Medea.
4. Kinderebene II, Selbstmord, zweite Flucht
Die Kinder spielen Selbstmord. Die Amme rettet aus der Verzweiflung.
5. Klassikerebene II, Streit Jason und Medea
Jason und Medea ziehen die Kinder und die Amme mit in ihre Auseinandersetzungen.
6. Kinderebene III, Weglaufen von zu Hause, dritte Flucht
Die Kinder versuchen vergeblich, ihren Problemen zu entfliehen. Klein-Medea erzählt einen Traum.
7. Klassikerebene III, Versöhnung Jason und Medea
Eine falsche Versöhnung endet damit, daß die Amme die Eltern anklagt und gehen will. Die Kinder nehmen die Situation in die Hand.

Spielregeln
Der Bühnenraum ist geteilt in einen Klassikerbereich mit Säulen, Korinth, und ein realistisches Kinderzimmer mit Etagenbett etc. Die Eltern bewegen sich sowohl auf der Klassikerebene/Erwachsenenwelt als auch im Kinderzimmer, während die Kinder die Klassikerebene nur in Begleitung der Eltern betreten dürfen. Ein ins Publikum führender Steg (mit Telefon) ist

der Platz der Amme. Die Erwachsenendialoge der Klassikerebene sind für die Kinder bis auf bestimmte Sätze und einzelne Worte unverständlich.

Musik (wie griechischer Chor)
Die Musik gehört zur Klassikerebene, es wird außerhalb der Bühne gesungen und gespielt.

Zeit
Der erste, zweite und dritte Fluchtversuch spielen am Tag, am Nachmittag und in der Nacht; die Versöhnung Jason und Medea findet in der Morgendämmerung statt. Das Spiel erstreckt sich über einen Tag und eine Nacht (Samstag-Sonntag) und zeigt die Konflikte von Monaten.

Prolog

KLEIN-JASON *beginnt mit der Erzählung auf der rechten Seite im Zuschauerraum* Es war einmal ein griechischer Prinz, der hieß – *Jason läuft herein* – Jason. Er hatte ein phantastisches Schiff, das hieß Argo. *Argomusik beginnt. Jason zeigt das Modell des Schiffes und »segelt« damit in der Luft.* Mit diesem Schiff segelte er zwischen den griechischen Inseln und erlebte ein Abenteuer nach dem anderen. Jason wollte den größten Schatz der Welt erobern, das goldene Vlies. Das war ein Fell aus Gold, und wer es besaß, war gegen alle Gefahren gefeit. Aber –

JASON *stürmt heran und übernimmt die Erzählung* – das goldene Vlies hatte ein machtbesessener König geraubt und in einen Baum gehängt, den ein riesiger feuerspeiender Drache bewachte.

KLEIN-JASON, KLEIN-MEDEA UND DIE AMME *erzählen weiter und stellen Baum und Drachen dar* Es war also keine leichte Aufgabe für Jason. *Jason verbrennt sich am Feuer des Drachens.* Doch der König hatte eine wunderschöne Tochter –

MEDEA *drängt sich in die Zuschauerreihe, in die Jason aus Angst vor dem Feuer des Drachens geflüchtet ist* – die zaubern konnte ... und als sie Jason erblickte, jauchzte sie vor Freude, weil er ihr so gut gefiel. Und auch Jason verliebte sich sogleich in sie, *Jason stößt einen Tarzanschrei aus. Beide fallen zwischen die Zuschauer,* daß Medea beschloß, ihm zu helfen. Medea konnte zaubern. Zuerst sang sie ein Lied ... *Argomusik/Gesang. Der Drache schläft ein.* – und der Drache hörte auf, Feuer zu speien, dann spritzte sie Zauberwasser über ihn, und da schlief der Drache ein ...

Argomusik aus. Jetzt konnte Jason auf den Baum steigen und das goldene Vlies herunterholen.

Schlußakkord. Jason trägt Medea auf die Bühne.

KLEIN-JASON *erzählt und stellt gestisch dar* Als der König das erfuhr, raste er vor Zorn und verfolgte sie mit seinem Heer: An die Ruder! Und Jason und Medea mußten über das Meer fliehen mit dem schnellen Schiff Argo, und der Sturm peitschte die Wogen zu Schaum wie Schlagsahne.

AMME *übernimmt die Erzählung, Musik »Jetzt rinnet der heiligen Gewässer«* Und dann segelten sie miteinander in den griechischen Inseln und erlebten ein Abenteuer nach dem anderen. *Jason und Medea tanzen glücklich, kämpfen mit Seeräubern und siegen.* Sie waren glücklich und versprachen einander, sich niemals zu trennen. *Sie tauschen Ring und Versprechen.* Und Medea bekam zwei Kinder, und sie wurden eine glückliche Familie. *Nach der Geburt der Kinder aus Medeas Röcken wird ein Familienporträt arrangiert. Sie schaukeln immer noch im Boot.* Und eines Tages kamen sie in eine Stadt, die hieß – *Die Amme wirbelt über die Bühne und »beleuchtet« die Säulen und Korinth.* – Korinth, und dort beschlossen sie zu bleiben. Sie bauten ein Haus mit einem Kinderzimmer für die Kinder – *Sie zeigt auf die Kinderzimmermöbel.* – und waren eine glückliche Familie. *Jason küßt Medea. Musik aus.*

KLEIN-MEDEA Aber eines Tages erblickte Jason eine Prinzessin, die hieß Glauke. *Die Amme zeigt einen Glasschuh. »Glaukeakkord«.* Und er verliebte sich wahnsinnig in sie.

MEDEA *ruft* Aber er ist doch schon mit mir verheiratet!

AMME Aber Jason ging trotzdem zu Glauke, denn er war rasend in sie verliebt. *Jason läuft in den Zuschauerraum zu einem rot projizierten Herz.*

CHOR

Jetzt rinnet der heiligen Gewässer Strömung aufwärts
Recht und alles hat sich auf Erden verkehrt.
Herzen der Männer sind falsch
Nicht sicher mehr stehen die heiligsten Schwüre ...

Medea schluchzt.

AMME Und sie stellten ein Kindermädchen ein – Anna.

Die Amme geht mit ihrer Reisetasche auf den Steg. Sie blättert in einem Regenbogenblatt, liest laut und übersetzt die Erwachsenensprache in eine für Kinder verständliche Umgangssprache parallel zum folgenden Lied.

»Doch nun ist alles feindlich und das Liebste siecht«
Sie mögen sich nicht mehr
»Weil Jason meine Herrin samt den Kindern hat im Stich gelassen«
Er ist abgehaun von zu Hause
»Und die junge Fürstin freit«
natürlich Glauke.
»Die Tochter Kreons, der in diesem Lande herrscht.«

Ist ja klar.
»Medea, die Verschmähte, Unglückselige klagt laut die Eide, sonder Speise liegt sie da«
Sie ißt nichts mehr
»ruft das Treuebündnis auf verzehrt in einem Tränenstrome alle Zeit«
Sie heult nur noch
»... und manchmal wendet sie den bleichen Hals« ...

AMME *während die Musik leise weiterspielt* Da kommen die Kinder vom Sportplatz. Wie meistens um diese Zeit. *Klein-Medea trägt Klein-Jason auf dem Rücken. Die Amme zeigt ihnen eine Schachtel. Sie bleiben stehen.*

Vorstellung der Spielzeugtiere

KLEIN-MEDEA Was hast du da in der Schachtel?

AMME Einen goldenen Hamsterdrachen. Ein trauriges Tier. Eigentlich hat er das schönste und weichste Fell auf der ganzen Welt, aber jedesmal, wenn er ausatmet, spuckt er Feuer – wie ein kleines Feuerzeug.

KLEIN-MEDEA Wir wollen keine Geschenke von dir. Ich hab meinen Hund, und Klein-Jason hat seine Ente von Papa und Mama.

Kinderebene I, Scheidung, erste Flucht

JASON Ich sage trotzdem von den Meinen mich nicht los. Ich hab dein Wohl im Auge, Frau. Und kam hierher, daß du nicht mit den Kindern arm von hinnen mußt.

Jason und Medea rechnen auf der Klassikerebene miteinander ab. Medea weint. Musik aus. Jason kommt mit ernster Miene zu den Kindern.

KLEIN-JASON Papa, was ist Scheidung? *Jason lacht und wirft Klein-Jason in die Luft.*

KLEIN-MEDEA Mach das auch mit mir!

JASON *geht zum Glaukeherz* Ich hab keine Zeit mehr ...

KLEIN-JASON Mama, was ist Scheidung?

MEDEA *stürzt an den Kindern vorbei hinter Jason her* O Rache, dich, Temis, rufe ich und Zeus, der überall als Dichter der Schwüre geehrt ist.

JASON Wir sehen uns um neun, Glauke.

Medea ist empört, sie stößt beinahe Klein-Medea um, die Angst bekommt. Medea macht eine entschuldigende Geste, geht auf die Klassikerebene.

MEDEA *ruft* O Zeus!

KLEIN-JASON *zu Klein-Medea* Was ist Scheidung? Ich will keine Scheidung. Was ist das? Sag, was das ist! *Er zieht an dem Hulahup-Reifen, den Klein-Medea um den Hals hängen hat.*

KLEIN-MEDEA Siehst du nicht, daß ich spiele! Ich weiß es nicht. Wir lassen uns nicht scheiden. *Sie macht weiter und weicht ihm immer wieder aus.*

KLEIN-JASON Sag, was das ist!

KLEIN-MEDEA Das ist nichts Schlimmes, Kleiner. Es kann nichts Schlimmes sein. So wie Spucken. Jetzt scheide ich mich von meiner Spucke ... Komm ... wer am weitesten spucken kann. *Klein-Medea spuckt und schwingt sich mit Tarzanschrei ins obere Bett. Klein-Jason will hinterher, Klein-Medea hilft ihm dabei. Sie spucken ausgelassen in Richtung Erwachsenenebene.*

KLEIN-MEDEA Klasse, Kleiner! Ist das weit!

KLEIN-JASON *springt vom Bett herunter* Scheiden ist langweilig.

AMME *öffnet die Tür ihres Zimmers, ruft* Wollt ihr nicht draußen spielen? *Die Kinder antworten mit Kopfschütteln.*

KLEIN-MEDEA Nein.

AMME Na, dann nicht.

KLEIN-JASON *insistierend* Was ist Scheidung? *Die Amme geht zurück in ihr Zimmer.*

KLEIN-MEDEA Was Jason gerade macht, hin- und herlaufen. Jetzt bin ich Medea – und sie ist Glauke. *Sie zeigt auf ihre Puppe.* Setz sie an die Tür und dann komm her. *Klein-Jason setzt die Puppe in die Türöffnung und läuft zwischen der Puppe und Klein-Medeas ausgebreiteten Armen hin und her.* Lauf zu Glauke! Nein, komm her! Lauf zu Glauke! Nein, komm her! Lauf zu Glauke! Nein . . .

KLEIN-JASON *bricht das Spiel ab und legt seinen Kopf in Klein-Medeas Schoß* Ich will dieses Scheidungsspiel nicht spielen.

AMME *ruft vom Steg* Habt ihr Durst? *Die Kinder sehen hoch.* Habt ihr Langeweile?

KLEIN-MEDEA Nein!

KLEIN-JASON Ich will aber nicht weg von dir.

KLEIN-MEDEA Mußt du aber. Du kriegst Mama, und ich kriege Papa. Jetzt teilen wir die Sachen. *Sie nimmt Sachen aus dem Korb, verteilt sie mit großem Ernst.* Mamas – Papas – Mamas – Papas . . .

KLEIN-JASON Ich will meinen Ball.

KLEIN-MEDEA Was willst du damit?

KLEIN-JASON Spielen.

KLEIN-MEDEA Ja, ja. Aber wehe, wenn er auf mein Gebiet rollt.

Klein-Medea gibt ihm den Ball und teilt mit einem Seil das Zimmer. Anfangs beachten beide die so gezogene Grenze. Dann überschreitet Klein-Jason sie absichtlich. Klein-Medea stößt ihn zurück, daraus entwickelt sich ein spielerischer Ringkampf. Klein-Jason überschreitet die Grenze noch einmal und wird von Klein-Medea wieder zurückgeschubst.

KLEIN-MEDEA Hau ab!

Klein-Jason begreift nicht, daß es jetzt ernst ist, er versucht noch einmal rüberzukommen, Klein-Medea stößt ihn wiederum zurück. Sie nimmt die Glaukepuppe bei den Haaren und setzt sie aufs Seil.

KLEIN-MEDEA Sie ist die Grenzwache. Nein! *Zu Klein-Jason.* Ich erzähle eine Geschichte, ja? Es war einmal ein Prinz, der hieß Jason. Er verliebte sich ganz schrecklich in eine Prinzessin, die hieß Medea. Sie bekamen zwei Kinder . . .
KLEIN-JASON Wie denn?
KLEIN-MEDEA Sie schliefen zusammen. Ich hab das schon einmal gesehen. *Klein-Medea holt ihren grauen Hund, und Klein-Jason antwortet mit seiner grünen Ente. »Wau-Quak-Wau«. Sie imitieren lustvollen Geschlechtsverkehr. Plötzliches Ende.*
KLEIN-JASON Und das ist alles?
KLEIN-MEDEA *leichthin* Das ist alles. Wenn man sich geliebt hat, kommen die Kinder, und dann kommt die Scheidung. *Die Kinder sind ernst, grübeln vor sich hin.*

KLEIN-JASON Ich weiß nicht, wo ich schlafen soll.

KLEIN-MEDEA Auf dem Fußboden. *Sie wirft ihm die Bettdecke rüber.*

KLEIN-JASON Der ist so hart. Kann ich nicht die Matratze kriegen? *Klein-Medea trägt das Bett hinüber, geht dann zurück und setzt sich auf ihr Bett. Klein-Jason verbarrikadiert sich. Plötzlich tut es ihm leid.* Jetzt sehen wir uns nie mehr!

KLEIN-MEDEA Man kann sich besuchen ... Du ... *Keine Antwort von Klein-Jason.*

AMME *telephoniert auf dem Steg* Hallo, Mama! Mir geht es gut ... feine Leute ... scheinen Geld zu haben ... Stars? ... ja, die das goldene Vlies erobert haben ... Aber so toll wie auf den Bildern sieht sie nicht aus, finde ich ... Doch, viel zu laufen, sind große Zimmer, ja, viel zu tun. Und du, ich habe ein eigenes Zimmer, klein, aber urgemütlich und mit Telefon. Wir können telefonieren, so viel wir wollen ... die Kinder sind lieb ... was? ... doch, vielleicht ein bißchen blaß, aber sehr gut erzogen ... ja, sie teilen alles.

Bombenundhöhlenundzelt

KLEIN-JASON Wir müssen doch nicht alles teilen, du. Wir können es doch zusammen haben? *Er wirft seine Ente auf Klein-Medeas Bett.*

KLEIN-MEDEA Kapierst du denn nicht, sie lassen sich scheiden!

KLEIN-JASON Doch nur, wenn wir nicht wegfahren.

KLEIN-MEDEA Was heißt denn wegfahren? Wegfahren? Wir wollen doch nicht wegfahren. Sie lassen sich s c h e i d e n.

KLEIN-JASON Aber ich weiß, wo man hinfahren kann. Du mußt mir aber versprechen, daß du es keinem Menschen erzählst, aber wirklich. Ich weiß, wo man hinfahren kann. Aber das ist ein Geheimnis. *Klein-Medea ist ganz still.* Da fährt man hin und fängt wieder an. Dort ist es immer so, wie es früher war, und ein bißchen so, wie es viel später einmal sein wird. Nächsten Sommer, glaube ich. Dort ist es immer so, wie es nächsten Sommer sein wird. *Klein-Medea ist interessiert.* Und dann ist da viel Platz. Du hast auch Platz. Und ich. Und Mama.

KLEIN-MEDEA Und Papa? Hat Papa keinen Platz?

KLEIN-JASON Klar. Alle haben Platz dort, hab ich doch gesagt.

KLEIN-MEDEA Und Anna?

KLEIN-JASON Klar, Anna auch!

KLEIN-MEDEA Und Glauke, na sie, die andere Frau?

KLEIN-JASON Alle haben Platz, die auch, Glaukes, Mamas, Papas . . .

KLEIN-MEDEA Also, alle haben Platz. Dort gefällt es allen.

KLEIN-JASON *macht es spannend* Aber man muß wissen, wie es heißt.

KLEIN-MEDEA Und wie heißt es?

KLEIN-JASON . . . nein . . . versprich mir, daß du es keinem Menschen verrätst . . .

KLEIN-MEDEA Ich verspreche es.

KLEIN-JASON *verschwindet wieder hinter dem Bett, flüstert* Bombenundhöhlenundzelt . . .

KLEIN-MEDEA Wie?

KLEIN-JASON Bombenundhöhlenundzelt . . .

KLEIN-MEDEA Bombenundgröhlenundfeld?

KLEIN-JASON Bomben-und-Höhlen-und-Zelt!

KLEIN-MEDEA Aha!

KLEIN-JASON *springt auf Klein-Medeas Seite* Man fährt nach Bombenundhöhlenundzelt . . .

KLEIN-MEDEA Du, wie sieht es aus da . . . in . . . du weißt schon, in . . . bombenund . . . du weißt doch?

KLEIN-JASON *wie im Traum* Jeder hat sein Bett . . . und es gibt warme Decken, und Kissen, und Tiere, Körbe voll mit Sachen, und dann Bälle, die ganz weich und leicht sind, die springen fast wie Luftballons, die kannst du nie hart schießen, ganz egal, wie hart du sie trittst . . . *Er nimmt Sachen von sich und trägt sie hinüber auf Klein-Medeas Seite.*

KLEIN-MEDEA Und man kann da hinfahren? Jetzt?

KLEIN-JASON *träumerisch* Da ist eine extra U-Bahnstation. Einmal, als ich U-Bahn gefahren bin, habe ich das Stationsschild gelesen . . .

KLEIN-MEDEA Du kannst doch gar nicht lesen! Und es gibt keine U-Bahnstation, die Gröhlenundzelt heißt!

KLEIN-JASON *springt aufs Bett und phantasiert* Sie heißt Bombenundhöhlenundzelt, und eine Frau hat mir beim Lesen geholfen.

KLEIN-MEDEA Du phantasierst doch nur!

KLEIN-JASON Nein, die gibt es wirklich!

KLEIN-MEDEA Die gibt es überhaupt nicht!

KLEIN-JASON Doch, die gibts, die gibts! Du machst alles kaputt!

AMME *kommt herein* Was ist los? Warum weint Klein-Jason? Streitet ihr?

KLEIN-MEDEA Er sagt, es gibt eine U-Bahnstation, die Bombenundhöhlenundzelt heißt . . .

KLEIN-JASON Jetzt hast du es doch verraten! *Er springt vom Bett herunter und verbirgt sein Gesicht.*

AMME Was hat sie verraten?

KLEIN-MEDEA Was? Es gibt doch keine so doofe U-Bahnstation, die so blöd heißt wie Bombenundhöhlenundzelt, nicht?

KLEIN-JASON Du hast alles kaputt gemacht. Jetzt kommen wir nie dahin. Alles hast du kaputt gemacht. Du hast es ihr gesagt.

KLEIN-MEDEA *klammert sich an Anna* Gibt es so eine U-Bahnstation?

AMME Die Bombenundhöhlenundzelt heißt? Habe ich nie gehört. Aber was ist denn daran so wichtig? Warum streitet ihr darüber?

KLEIN-MEDEA Warum, warum, warum, warum, warum . . . warum bist du zu uns gekommen?

AMME *wird mit Fragen bestürmt; sie gibt ruhige, schnelle Antworten* Um auf euch aufzupassen.

KLEIN-JASON Und warum sollst du auf uns aufpassen?

AMME *geht in ihr Zimmer und ruft die Antwort vom Steg* Weil das euer Vater mit mir so ausgemacht hat.

KLEIN-JASON Und warum hat er das so ausgemacht?

AMME Weil eure Mutter es nicht getan hat.

KLEIN-MEDEA Warum hat sie es nicht getan?

AMME Weil sie traurig war.

KLEIN-MEDEA Warum war sie denn traurig?

AMME Weil eure Eltern sich scheiden lassen.

KLEIN-MEDEA Warum lassen sie sich scheiden?

AMME Sie können nicht mehr zusammenbleiben.

KLEIN-JASON Warum können sie das nicht mehr?

AMME Fragt sie selber.

KLEIN-MEDEA Warum bist du hier? Hast du nichts anderes zu tun?

AMME Doch. Abendkurse und mein Freund am Samstag und meine Mutter an den freien Montagen und ... Karate am Dienstagabend ... *Sie atmet tief durch, wie sie es im Karatekurs gelernt hat.*

KLEIN-JASON Hör auf! Hör auf damit!

KLEIN-MEDEA Dein Gejammere deprimiert mich.

KLEIN-JASON Deprimiert? Was ist das?

AMME Deprimiert ist man, wenn man traurig ist, Klein-Jason. *Sie setzt sich und hüllt sich in ihren Schal. Die Musik beginnt. Auf der Klassikerebene klagt Medea. Die Kinder erstarren.*

MEDEA Jason ...

CHOR »Zeus, Licht und Erde! Vernahmt ihr den Ruf, mit welchem die Unglückselige laut ihr Lied beklagt?«

MEDEA Jason ...

CHOR »Zeus, Licht und Erde! Vernahmt ihr den Ruf, mit welchem die Unglückselige laut ihr Leid beklagt?«

MEDEA Jason!!

Die Musik spielt leise weiter.

Klassikerebene I, Depression

MEDEA Ich bin vernichtet, ich verlor die Lust am Leben, wünsche mir den Tod. Er, der – ach, leider seh ichs ein – mein Alles war, mein Gatte, hat als schlimmster Mann sich mir bewährt. Von allem, was beseelt ist und Verstand besitzt, sind doch wir Weiber das erbärmlichste Geschöpf. Mit vielem Gelde müssen wir den Gatten uns erkaufen, um ihn als Eigentümer unsres Körpers hinzunehmen. *Medea fängt an, wie besessen zu putzen. Klein-Jason bekommt Schuldgefühle, er will ihr helfen. Klein-Medea rettet sich in Lachen und hält sich die Ohren zu.*

AMME Da hört ihrs. Jetzt ist es passiert. Kinder, eure Mutter ist krank vor Kummer.

KLEIN-JASON Mama!

KLEIN-MEDEA Willst du ein Stück Kuchen?

MEDEA *putzt weiter und sinkt dann aufs Bett* Gefällt es dem Mann nicht daheim, geht er aus. Aber wir haben keinen anderen als den einen. *Musik aus. Klein-Jason kriecht hinter ihr hoch. Medea außer sich.* Es heißt, das Leben der Frau sei ohne Gefahr, sie sitzt daheim, der Mann geht in den Krieg. Falsch! *Plötzlicher irrationaler Ausbruch. Klein-Jason fällt hinters Bett.*

AMME *zu Klein-Medea* Geht, Kinder, das wird gut sein, jetzt hinaus und haltet euch mit aller Sorgfalt dann versteckt und kommt der Mutter, der verstörten, nur nicht nah! *Klein-Jason ist unter dem Bett.*

MEDEA Dreimal lieber möchte ich in einer Schlacht stehen, als einmal nur gebären.

KLEIN-MEDEA Glauke ... *Sie buchstabiert den Namen »Glauke« und beobachtet Medea. »Glaukeakkord«. Medea ist wie von Sinnen und versucht, Klein-Medea zu ohrfeigen.*

AMME *wehrt Medea mit einem Karategriff ab* Schwer ist zu wenden der Zorn des, der immer befiehlt und kaum sich zu zähmen ist jemals gewohnt.

MEDEA O weh mir, weh mir, o fänd ich Erlösung im Tod! *Sie steht mitten im Kinderzimmer und dreht sich im Kreis. Musik. Die Amme geht mit ihr auf die Klassikerebene und tröstet sie.*

CHOR Was für ein sinnloses Verlangen hast du nach dem dunklen Bett. Der ungebetene Gast Tod wird deinem Gebet zuvorkommen . . .

Die Kinder sind bedrückt. Jasons Ankunft reißt sie aus ihrer Niedergeschlagenheit.

Auf dem Sportplatz

JASON Schuß! Tor! *Musik aus. Jason hat einen Fußball, der mit einem Gummiband an seinem Fuß befestigt ist.*

KLEIN-MEDEA Schuß! Tor!

JASON All hands on deck! Good morning boys and girls!

KLEIN-MEDEA Good morning father! *Jason und die Kinder sehen sich erwartungsvoll an. Jason kickt den Ball ein paarmal in die Luft.*

JASON *zu Klein-Jason* Machst du mit? Machst du mit, Klein-Medea? *Er schießt.* Halt ihn, Klein-Jason! Stell dich ins Tor! *Klein-Jason wirft sich immer auf die falsche Seite. Jason schießt hart auf Klein-Jason.* Eins – null . . . zwei – null.

KLEIN-JASON *läßt den Ball ins Tor rollen* Au, mein Bein!

JASON Vier – null! Gewonnen! Ach, das ist doch nicht so schlimm. Sei nicht so empfindlich, Klein-Jason.

KLEIN-JASON Aber ich bin doch erst fünf.

JASON Schau mal, Klein-Medea ... *Er köpft zwei Bälle, die Klein-Medea halten kann.* Schau, die kann es, obwohl sie nur ein Mädchen ist. Du machst das prima, Klein-Medea! An dir hat SV-Argo einen Mittelstürmer verloren. Schade, daß du ein Mädchen bist, sonst wärst du bestimmt in der A-Mannschaft. *Zu Klein-Jason.* Und wie geht es hier? Wo tuts denn weh?

KLEIN-JASON Da.

JASON Da?

KLEIN-JASON Hier.

JASON Da?

KLEIN-JASON Da.

JASON Aber ich habe doch das andere Bein getroffen! Weißt du nicht, wo es dir wehtut?

KLEIN-JASON Da und da. Du schießt zu hart. *Klein-Medea überläßt Jason den Ball.*

JASON *sucht Unterstützung bei Klein-Medea* Ich schieße hart? Ich? Junge, als wir auf der Argo segelten, machten wir mal ein Spiel gegen SV Kreta, und Hektor hat einen Schuß abgefeuert, der dem Torwart b e i d e B e i n e b r a c h. Du mußt aber nicht glauben, daß er deswegen aufgegeben hat. Er hing mit der einen Hand am Pfosten, und mit der anderen wehrte er den Ball ab. Das waren harte Schüsse. Stell dich ins Tor! *Klein-Medea stellt sich ins Tor.* Nein, nicht du, Klein-Jason! *Klein-Jason humpelt weg, ihm ist die Lust vergangen.* Jason zu Klein-Medea, die außen frei steht ... sie dribbelt an der Verteidigung vorbei und schießt ins T o r ! Du sollst ins Tor schießen! *Klein-Medea rührt sich nicht. Dann wendet sie sich ab. Verlegene Pause.* Naja. Ihr seid müde. Es kann ja nicht immer Spaß machen. *Er schaut in Glaukes Richtung, dann auf die Uhr.*

KLEIN-MEDEA Gehst du jetzt zu Glauke?

»Glaukeakkord«.

JASON *nach einer Pause* Nein ... nja ... *Unentschlossen.* Ja.

Leise Musik »Hörst du es, o Zeus ...«

MEDEA Ah, ah! Ich erfuhr ein Leid, gewaltiges Leid, ich jammere mit Recht. *Sie fegt die Kinder um.* O Kinder, verflucht wie die Mutter, ihr mögt, und der Vater dazu, mit dem ganzen Hause verderben!

AMME *nimmt die Kinder mit ins Kinderzimmer* Wie gräßlich, Medea, welch schlimme Worte. Haben die Kinder denn teil an der Schuld des Vaters? Wie kannst du sie hassen? Nimm dich zusammen! O weh, wie fürcht ich, ihr Kinder, ein Unheil für euch ...

MEDEA Ach, ach ... O schlüge ins Haupt mir vom Himmel der Blitz! Was brächte mir noch mein Leben Gewinn?

CHOR »Hörst du es, o Zeus, und Erd und Licht, welchen Wehruf die unglückselige Frau ...

AMME Ich komme gleich! *Sie läßt Wasser in die Waschschüssel. Dann geht sie hinaus und schlägt ein Buch auf, um sich Rat zu holen.*

MEDEA Weh, gäbe der Tod mir Erlösung, weh, von diesem verleideten Dasein.

Musik aus.

Kinderebene II, Selbstmord, zweite Flucht

KLEIN-MEDEA *gebärdet sich wie Medea, um Klein-Jason zu unterhalten* Weh, gäbe der Tod mir Erlösung, weh, von diesem verleideten Dasein! Kinder! Qual! Kinder! Qual! Tod!

KLEIN-JASON *macht Medea nach und legt sich hin, um zu sterben* O, weh in meinem Herzen. Ich will sterben! Ich will auch sterben!

KLEIN-MEDEA *umwickelt ihren Hund mit einem Seil, schlägt ihn und schleudert ihn herum* Schau mal, Klein-Jason! *Zum Hund.* Du hast es gut, du bist Hund und hast keine Eltern,
du hast es gut, du bist Kind und hast keine Eltern,
du hast es gut, du bist Hund und fühlst nichts,
du hast es gut, du bist Hund und denkst überhaupt nichts,
du hast es gut, du bist Hund, und was du tun willst, sagen dir andere,
du hast es gut, du bist Hund, dir tut Vaters andere Frau nichts!
Schau doch! *Klein-Jason liegt da und hält den Atem an. Leichthin, aber doch beunruhigt.* So kann man nicht sterben. Wenn man sterben will, muß man sich was Schickeres ausdenken ... Aus dem Fenster springen! *Klein-Jason versucht, aus dem Fenster zu springen. Klein-Medea hält ihn zurück.* Halt, das klappt nicht immer! Man kann überleben. *Neue Idee: Erdrosseln. Klein-Medea nimmt das Seil. Sie knüpft es um beider Hals, dann zieht jeder in eine andere Richtung. Sie sitzen auf ihren Betten und stemmen sich mit ihren Füßen gegen den Boden.*

AMME *wieder am Telefon, das Buch in der Hand, die Kinder im Rücken* Hallo, Mama! Ich bin unruhig ... Medea ist heute vor den Kindern zusammengebrochen. Sie ist total fertig und schreit sie wegen nichts an. Jason ist immer bei der anderen. Medea droht, sich das Leben zu nehmen. Die Kinder zeigen nichts ... und sagen nichts. Nein, sie machen überhaupt nichts ...

KLEIN-MEDEA Dein Seil ist nicht so fest wie meins, hörst du! *Sie klemmt ihren Hund zwischen Hals und Seil. Klein-Jason wird rot im Gesicht.*

KLEIN-JASON Verfluchte Kinder ...

KLEIN-MEDEA Verfluchte Kinder! Jetzt sterben wir ... Nein, das dauert zu lange, du ziehst ja immer falsch. *Sie sehen die Waschschüssel und gehen hin.* Ist kalt.

KLEIN-JASON Und dreckig! *Sie schauen angeekelt aufs Wasser. Plötzlich drückt Klein-Jason Klein-Medeas Kopf unter Wasser. Sie schnappt nach Luft und schreit vor Angst.*

KLEIN-MEDEA Spinnst du! Willst du mich umbringen?! *Sie versucht, Klein-Jason aus Rache zu erschrecken.* Du weißt nicht, was ich weiß ... ich hab hier drin eine Bombe versteckt ...

KLEIN-JASON *weicht erschrocken zurück* Waaas?! Von wem hast du die? Eine Bombe ...

KLEIN-MEDEA Tick, tick, tick ...

KLEIN-JASON Hör auf mit dem Quatsch!

KLEIN-MEDEA Tick, tick, tick ... *Klein-Jason sucht unter der Bettdecke, dann schiebt er das Bett zur Seite. Klein-Medea malt erregt die Folgen aus.* Sie finden uns in Stückchen ... dort ein Ohr ... da ein Auge ... Füße ... Zehen ... Hautfetzen überall ...

KLEIN-JASON *stürzt sich auf Klein-Medea* Hol sie raus! Wo ist sie? Wo hast du sie versteckt?!

KLEIN-MEDEA Tick, tick, tick . . . es brennt . . . *Sie kann Klein-Jason abschütteln.* Paß auf . . . jetzt ist es kalt. Jetzt tickt sie schneller. Es ist nicht mehr viel Zeit, ticktickticktick!

AMME *ruft* Ja, gleich knallt es!

KLEIN-MEDEA Viele Menschen sterben durch Bomben . . . klitzekleine Fetzen nur. Pfui, wird Mama sagen, wenn sie dich zusammenkehrt . . .

KLEIN-JASON *fleht sie an* Hol sie! Bitte hole sie jetzt! Ich sterbe, wenn du sie nicht holst. Ich suche sie. Wo ist sie? Wo soll ich sie denn suchen?

KLEIN-MEDEA Jetzt hat das Ticken aufgehört. Jetzt ist der Moment gekommen. Eins . . . zwei . . . drei . . . *Klein-Jason stürzt vor Schreck zu Boden. Klein-Medea wird unsicher und bekommt Angst.* He, ich hab doch nur Spaß gemacht! Verstehst du das denn nicht? Das war nur ein Spiel, das mußt du doch verstehen. Mama Medea wird böse . . . *Sie taucht den Kopf in die Waschschüssel, um sich zu ertränken.*

AMME *kommt, sieht Klein-Medea* Was? Willst du die Haare waschen? Klein-Jason war doch an der Reihe. *Sie nimmt sie hoch.* Was macht ihr denn?

KLEIN-JASON Tick, tick, tick . . .

KLEIN-MEDEA *stürzt sich auf Klein-Jason* Verfluchtes Kind!

AMME *zieht die Kinder empört auseinander* Seid ihr verrückt geworden? Was ist los?

KLEIN-MEDEA *verzweifelt* Weiß nicht . . .

AMME *erschrocken* Was ist, Klein-Medea? Bist du traurig?

KLEIN-MEDEA Ja.

AMME Komm, wir gehen zu mir. Ich habe etwas für dich. *Auf dem Steg.* Was habt ihr denn gemacht? *Klein-Medea bekommt einen Lippenstift.*

KLEIN-MEDEA Er hat tot gespielt.

AMME *umwickelt Klein-Medea mit schmalen, hübschen Bändern, während sie spricht* Hast du das geglaubt?

KLEIN-MEDEA Ja, wir haben Selbstmord gespielt.

AMME Aber das ist schwer, verstehst du. Ich kannte einen Jungen, der hat sich das Leben genommen ... Er hat seine Zunge verschluckt. So. Aber das muß man schon als Baby üben. Ich selber hab es noch nicht ausprobiert, aber ich kannte einen, der hat es gemacht. Aber der hat schon als Baby angefangen, verstehst du?

KLEIN-MEDEA *hat sich Rosen auf die Wangen gemalt* Darf ich hierbleiben?

AMME Natürlich. Sieh – wie schön du bist. Du siehst mir wirklich ähnlich.

KLEIN-MEDEA Eigentlich hätte ich dich gern als Mutter ...

AMME Ich kann doch deine Freundin sein.

KLEIN-MEDEA Ja. Spieglein, Spieglein an der Wand, wer ist die Schönste im ganzen Land. Glauke – ich – Glauke – ich ... *Die Amme sieht Klein-Medea nachdenklich und verstohlen an.*

AMME Klein-Jason! Komm, ich wasche dir die Haare.

KLEIN-JASON *dreht sich im Kreis* Das Zimmer dreht sich. Die Betten sind traurig ... *Er hört auf.*

AMME *zieht ihm einen Plastikumhang über, schäumt seine Haare ein* Was ist denn mit dir los?

KLEIN-JASON Ich wußte nicht mehr, ob es dich gibt ...

AMME Wieso gibt? Warum sollte es mich denn nicht geben? Du hast doch gewußt, daß ich in meinem Zimmer war.

KLEIN-JASON Nein, ich habe gedacht, ich bin vielleicht tot. Und du – und alles – war nur ein Traum, während ich tot war.

AMME Aber das ist doch alles Unsinn.

KLEIN-JASON Wie kannst du das wissen?

AMME Du weißt doch, ich weiß alles.

KLEIN-JASON Nein, vom Totsein und sowas wissen Erwachsene auch nicht mehr als Kinder. *Die Amme beginnt, seine Haare zu spülen. Er reibt sich die Augen.*

AMME Weinst du?

KLEIN-JASON Ich habe Seife in den Augen!

AMME Dann spülen wir sie weg. Wie gut, daß es Wasser gibt. Herrlich! Stell dir vor, es gäbe auf der ganzen Welt kein Wasser. Was wäre dann? Sicher die Hölle! *Sie singt.* I'm singing in the rain ... *Sie trocknet Klein-Jasons Haare.*

KLEIN-JASON Soll ich deine Haare waschen?

AMME Meinst du, es ist nötig? Na gut. *Sie tauschen die Plätze. Klein-Jason zieht der Amme den Umhang an und sieht ihr Haarnetz.*

KLEIN-JASON Wie kriegt man das ab?

AMME Man nimmt es einfach ab. Und dann mußt du das Haar kämmen.

KLEIN-JASON Was für feines Haar du hast.

AMME Ja, man sagt es.

KLEIN-JASON Wer?

AMME Die Männer.

KLEIN-JASON Kennst du viele Männer?

AMME Ja.

KLEIN-JASON Wen hast du am liebsten?

AMME Das weiß ich nicht. Aber am meisten steh ich auf Urban. *Pause.* Warum hast du geglaubt, daß ich tot bin?

KLEIN-JASON Ich kann doch tot sein und nur glauben, daß es dich gibt.

Ein Geschenk

JASON *im Vorraum* Wer kommt denn da?

KLEIN-MEDEA Papa.

JASON Good evening boys and girls.

KLEIN-MEDEA *läuft ihm entgegen und umarmt ihn* Papa! Good morning father.

JASON Willst du mich nicht begrüßen, Klein-Jason? *Die Amme schiebt Klein-Jason vor, der seinen Vater zurückhaltend umarmt.*

AMME Guten Tag!

JASON *zur Amme* Hallo, hallo ... guten Tag ... hallo! *Sie gehen ins Kinderzimmer. Die Amme beschäftigt sich im Hintergrund.* Schaut mal, was ich mitgebracht habe. *Er zeigt ein Modell der Argo. Argomusik beginnt.*

KLEIN-MEDEA Für wen ist das?

JASON Für euch beide.

AMME *bestätigend* Das ist aber ein schönes Geschenk.

JASON Die Argo. War das eine glückliche Zeit, als wir herumsegelten und ein Abenteuer nach dem andern erlebten, und als ihr geboren seid und ... Ja, das war ein feines Boot. Fünfzig Ruder ... ein Schnellsegler, und aus einem Holz, das im Wasser nicht fault ... Ja, das war eine glückliche Zeit. *Musik aus.* Na, Klein-Jason, wie heißt dieser Teil vom

Boot? *Er zeigt aufs Heck und schlägt sich dann auf den Hintern.*

KLEIN-JASON *nachdem Klein-Medea vorgesagt hat* Heck.

JASON Tüchtig! Und der hier mit dem Drachenkopf?

KLEIN-JASON *Klein-Medea sagt wieder vor* Ich weiß es selber! Bug.

JASON Sagt mal, hat euch die Mama was erzählt? . . .

KLEIN-MEDEA Kann ich nicht auch ein Paar Glasschuhe haben? *Sie versucht, seine Tasche zu öffnen. Jason schlägt sie auf die Finger. Die Argomusik beginnt.*

JASON *ablenkend* Einmal werden wir wieder mit der richtigen Argo aufs Meer fahren. Dann machen wir eine lange Reise.

KLEIN-JASON Wer fährt mit?

JASON Du und ich und Klein-Medea.

KLEIN-JASON Und Mama, darf sie auch mit? *Argomusik aus.*

JASON *zögernd* Ja, auch . . .

KLEIN-MEDEA Glauke auch? *»Glaukeakkord.« Jetzt hat sie es wieder gesagt.*

JASON *verlegen* Ja, Glauke auch . . .

Klassikerebene II, Streit

Der folgende Text wird unter Gefühlsdruck, »schludrig« gespielt mit Betonung bestimmter Sätze und Worte. Medea und Jason spielen ihre Provokationen lustvoll gegeneinander aus.

MEDEA Halunke! Nur dieses Schimpfwort habe ich für deine grenzenlose Feigheit. *Sie streckt ihm die Zunge aus. Die Amme läuft herein.* Du kommst zu mir her? Kommst, der du mein ärgster Feind? Wohl auch tust du, daß du kommst, denn meinem Herzen schaffts Erleichterung! Zeig ich dir dein schlechtes Tun und Schande dir, ders hören muß.

Sie dreht eine Runde um Jason, der die Augen schließt. Dabei drückt sie die Tasche fest an sich und summt. Medea stürzt sich auf ihn. Klein-Medea bringt Klein-Jason weg.

MEDEA Ich habe dich gerettet, ich erlegte auch den Drachen, ich gab mein Haus dann auf und meinen Vater. *Jason seufzt. Medea wendet sich ans Publikum.* »Oder wie?« Das, schlechter Mann, sind meine Dienste! Dafür hast du mich verstoßen und ein anderes Weib erwählt, und hast doch Kinder. *Sie stürzt sich auf Jason, versucht ihn zu schlagen, bricht zusammen.* Denn bei Kinderlosigkeit wärs noch verzeihlich, daß du dieses Weib begehrst. *Sie weint verzweifelt.* Ach diese Hand, wie hast du sie so oft gedrückt und meine Knie, wie trügerisch hat sich daran geschmiegt der Schlechte und getäuscht mein hoffend Herz. *Sie versucht sich an Jason zu klammern und schleppt sich hinter ihm her in den »Vorraum«. Er wirft seine Tasche weg, um zu entkommen.*

KLEIN-JASON Mama! *Medea schüttelt Klein-Jason ab, er sucht Schutz bei Klein-Medea.*

MEDEA *beruhigt sich und wendet sich ans Publikum* Wohin soll ich mich wenden jetzt? Ins Vaterhaus, das dir zulieb ich samt dem Vaterland verriet? Wenn aus dem Land ich ausgestoßen ziehen muß, verlassen, mit verlassnen Kindern, ohne Freund! *Sie geht rückwärts ins Kinderzimmer – stößt die Kinder hinein, weint und schreit. Sie beginnt, wahllos die Spielsachen der Kinder zusammenzupacken.*

AMME *am Telefon* Jetzt ist er gekommen. Sie streiten. *Sie wirft zum Vorwand ein Buch in den Vorraum.* Ich muß nachsehen. *Sie geht, um das Buch zu holen.*

JASON *hebt das Buch auf und liest den Titel* »Kindererziehung«, hier darf ich scheints kein ungeschickter Redner sein, ja, gleich des Schiffes klugerfahrnem Steuermann vor diesem Sturmwind mich hüten, daß er nicht die vollen Segel faßt ... *Jason versucht sich zu beherrschen. Lachend zieht er die Amme herein.*

MEDEA Schurke! *Die Amme wendet sich schnell ab. Sie beobachtet Medea und wirft einen Blick auf das Publikum.*

JASON Doch zu genau will ich es nicht erörtern.

AMME *wieder auf dem Steg am Telefon* Es scheint ruhig. Er beherrscht sich, und sie packt eine Tasche.

JASON *will Medea festhalten, sie reißt sich los und holt etwas; dieser Vorgang wiederholt sich und unterbricht seine Erklärungen* Wie immer du auch mir geholfen hast, es war nicht schlecht. Und doch ist meine Hilfe, die du von mir bekommen hast, viel größer als die Hilfe, die du gabst. Vor allem wohnst du hier in Hellas und nicht in einem Barbarenland, kennst das Recht, das gilt, und kannst nach rechtsbeständigen Gesetzen handeln, nicht nach Belieben der Gewalt. Was nun meine königliche Heirat angeht, die du mir verübelst, will ich dir zeigen, erstens, daß ich klug bin, zweitens vernünftig und dann auch ein großer Freund für dich und deine Kinder. Unterbrich mich nicht! *Er drückt Medea aufs Bett, sie stößt ihn mit den Füßen weg. Die Kinder bewerfen ihn mit Tieren. Nach einer kurzen Pause zieht Medea mit ihrer Tasche ab. Die Kinder wirbeln hinterher, Jason ebenfalls mit der Tasche. Er zischt seinen Text. Medea wirft ihre Tasche weg.*

AMME Jetzt ist der Teufel los! Hör nur!

CHOR So unversöhnlich furchtbar ist kein Haß, als wenn zwei Freunde uneins werden ...

JASON Nicht überdrüssig deiner, wie du eifernd glaubst, noch von Begier nach einem andern Weib gespornt. Nach Kinderreichtum um die Welt erstrebend – denn die schon Gebornen sind genug und sind mir recht – nein, daß wir reichlich leben, was das Wichtigste und keinen Mangel dulden. *Er zeigt Geld.*

AMME Was soll ich tun?

MEDEA *spuckt Jason an* Leider seh ich ja, dem armen Mann geht jeder Freund gern aus dem Weg. *Jason wirft seine Tasche weg.* Ich wollte unsre Söhne meinem Stand gemäß erziehn. Dann wollt ich Brüder deinen Söhnen zeugen, sie gleichstellen jenen und bei des Stammes Vereinigung mich glücklich fühlen. *Klein-Medea versucht mit allen Kräften, die Familie zusammenzuhalten.*

CHOR *Kampf aller in Zeitlupe während des Chors* So unversöhnlich ist kein Haß, als wenn zwei Freunde uneins werden ...

AMME Jetzt wirds gemein und fürchterlich. Karate?! Ich kann es ja versuchen.

JASON Ist das so falsch gedacht?

MEDEA J a a a!

AMME Ban-zai!! *Sie greift ein und überrumpelt Jason mit einem Karatetrick. Schlägerei und Musik hören abrupt auf. Jason ist rasend und greift die Amme an.*

JASON *zu Medea* Du sagtest das nicht, quälte dich nicht Eifersucht. So seid ihr Frauen, wenn es euch im Bett gut geht, glaubt ihr, daß ihr alles habt. Doch wo ein Mißstand eure Rechte kränkt, da wird, was noch so glücklich, noch so schön, als Feindlichstes geächtet. *Voller Hohn äfft er nach, wie eine Frau sich die Schlüpfer auszieht. Dann spricht er zum Publikum und zu Klein-Jason.* Die Menschenkinder müßten anderswie geboren werden, ohne weibliches Geschlecht, dann gäbe es kein Leid mehr für die Menschen. *Er geht mit seiner Aktentasche ab.*

AMME *schreit* Man sollte seine Kinder so nicht behandeln! *Sie geht mit den Kindern und der Tasche ins Kinderzimmer.*

MEDEA Er stellts drauf ab, schön einzukleiden sein Vergehn. Du mußtest, wenn dus redlich meintest, diese Eh mit mir im Einverständnis eingehn, nicht geheim. *Sie geht auf die Klassikerebene. Sie spricht über die Schulter. Die Streitmusik beginnt wieder.*

JASON Ja, herrlich hättest du meinen Plan dann unterstützt, entdeckte ich die Heirat dir, da du ja nun den argen Groll des Herzens nicht bemeistern kannst. *Er ist im Zuschauerraum und wütend wie ein Stier.*

MEDEA Nicht das bewog dich: nur mit der Barbarin schien die Ehe bis zum Alter dir nicht ehrenvoll. *Sie kommt wie irrsinnig von der Klassikerebene zurück.*

Die Amme kommt mit einer Einhalt gebietenden Bewegung herein. Alle verstummen. Die Musik bricht ab. Die Amme geht hinaus. Die Musik beginnt wieder.

JASON Sei doch versichert, dieser Frau zuliebe nicht hab ich mich diesem Königshause anvermählt. Nein, wie ich eben schon gesagt, zu deinem Heil.

MEDEA Fern bleibe mir ein kummervolles Wohlergehn und fern ein jeder Reichtum, der das Herz mir quält. *Die Amme kommt herein. Alle verstummen. Die Musik bricht ab.*

JASON So hast du es gewollt, klage niemand weiter an. *Er nähert sich mit lauten Schritten dem Kinderzimmer.*

MEDEA So! Hab ich etwa mich vermählt und gab dich preis?

Jason rennt durch das Zimmer direkt auf Medea zu, dabei stößt er Kinder und Amme um. Er hebt die Hand gegen Medea und will sie schlagen. Die Streitmusik beginnt. Jason besinnt sich, macht eine ablenkende Geste und streicht sich übers Haar. Er geht.

MEDEA Geh nur! Die Sehnsucht nach dem jungen Eheweib verzehrt sich. *Sie macht seine Bewegungen nach. Die Streitmusik wird ausgeblendet.*

KLEIN-MEDEA Good night father . . .

Kinderebene III, Weglaufen von zu Hause, dritte Flucht

Amme *bringt die Kinder ins Bett. Das Telefon läutet. Sie läßt alles stehen und liegen* Klein-Medea, kannst du mir mit dem Bett helfen? *Sie setzen die Betten wieder aufeinander. Das Telefon läutet wieder.* Ich muß ans Telefon, geht schon ins Bett! *Sie läuft über den Steg und hebt den Hörer ab.* Hallo, Urban! Wie schön ... rhabarberrhabarber ... *Zu den Kindern.* Schnell ins Bett jetzt.

Klein-Jason Jaa!

Amme Natürlich liebe ich dich, ich sterbe vor Sehnsucht ... *Zu den Kindern.* Ja, ich lasse die Tür einen Spalt auf ... *Zu Urban.* Wie? Nein! Nicht für dich, für die Kinder ... Du kannst wirklich nicht hierher kommen, das mußt du doch verstehen ...

Klein-Jason Scheiße, Scheiße, Scheiß-Vater, Scheiß-Mutter!

Klein-Medea Scheiß-Mutter. Wir hauen ab! Ich seh dir an, daß du willst. *Sie stehen wieder auf und ziehen sich an. Klein-Medea packt auch die Sachen von Klein-Jason ein. Er sucht zuerst planlos, dann gezielt. Er zeigt, was er einpackt, Klein-Medea, sie nickt zustimmend und gibt nun Anweisungen.* Man muß genug zum Anziehen mitnehmen, es kann kalt werden. Fang an zu packen. Der Tisch ist gut zum Essen. Und einen Stuhl brauchen wir, damit wir nicht auf der Erde sitzen müssen.

Klein-Jason Nein, nicht den Ball! *Er packt eine Decke ein.* Wollen wir die Betten mitnehmen?

Klein-Medea Kissen und Decken reichen.

Amme ... rhabarberrhabarber ... *Zu den Kindern.* Schlaft ihr?! *Die Kinder lassen alles fallen und verschwinden in den Betten.* Nein, hab ich gesagt, du kannst nicht herkommen. Es ist zu eng, außerdem würden wir die Kinder wecken. Verstehst du denn das nicht? Rhabarberrhabarber ...

KLEIN-JASON Sie redet so komisch, hörst du das?

AMME ... rhabarberrhabarber ...

KLEIN-JASON Ob das eine Geheimsprache ist? Vielleicht ist sie ein Spion? Nur Spione telefonieren mitten in der Nacht mit dem Telefon. *Die Kinder lauschen gespannt.* Eine geheime Botschaft.

KLEIN-MEDEA Wir hauen am besten ab. *Sie springen aus den Betten.*

KLEIN-JASON Ich hab Hunger. Wir müssen uns was zu essen mitnehmen, sonst verhungern wir.

KLEIN-MEDEA Ich kann jagen ... und Eier stehlen ...

KLEIN-JASON Wir nehmen Brote mit ... pst ... *Sie gehen wieder ins Bett. Laut zur Amme.* Duuuuuhu!

AMME *ins Telefon* ... hat Maria das gesagt? ... *Zu den Kindern.* Was ist denn?

KLEIN-JASON Wir haben Hunger. Wir möchten Brote! Machst du uns welche?!

AMME Ich komme! Was wollt ihr drauf haben?

KLEIN-JASON Alufolie ... ich meine Leberwurst und obendrauf Alufolie! Und eine Thermoskanne und Teller auch, und ...

KLEIN-MEDEA *versucht Klein-Jason zum Schweigen zu bringen. Sie schlägt aufs Bett, zischt zu ihm hin und bewirft ihn mit Kissen* Nicht, das merkt sie doch!

KLEIN-JASON *spricht unbekümmert weiter* ... und einen Spirituskocher und Hühnerbeine mit Schokoladensoße!

AMME Was wollt ihr? *Ins Telefon.* Nein, Urban, das sind die Kinder . . . *Zu den Kindern.* Ihr kriegt eure Brote! Sonst eßt ihr doch nur eins zur Nacht?!

KLEIN-JASON Kriegen wir auch die Thermoskanne?

AMME *kommt. Die Kinder liegen angezogen unter der Bettdecke* Trinkt Wasser, wenn ihr Durst habt!

KLEIN-JASON Das werde ich mir merken.

KLEIN-MEDEA *hat die Bettdecke über den Kopf gezogen. Sie streckt die Hand raus und nimmt die Brote entgegen. Die Amme versucht, sie richtig zuzudecken* Geh jetzt auch ins Bett!

KLEIN-MEDEA/KLEIN-JASON G e h j e t z t a u c h i n s B e t t !

KLEIN-MEDEA Und mach die Tür zu!

KLEIN-JASON Es ist so hell!

KLEIN-MEDEA Es zieht!

AMME Gut. *Wieder am Telefon.* Was hast du zuletzt gesagt? *Die Kinder springen sofort aus dem Bett.*

KLEIN-MEDEA *übermütig* Wenn wir abhauen, kann ich meine eigene Mutter sein . . . und deine auch.

KLEIN-JASON *versucht, den vollgepackten Korb hochzuheben* Wenn ich groß bin, werde ich Tourist. Das ist zu schwer, ich kann das nicht tragen.

KLEIN-MEDEA *ahmt unbewußt die Amme nach* Wir müssen den Tisch da lassen, den brauchen wir sowieso nicht. Den Stuhl auch. Wir setzen uns einfach auf die Erde.

KLEIN-JASON Die Tiere müssen auch hierbleiben, sonst erkennen sie uns gleich.

KLEIN-MEDEA Dann sagen sie im Radio, Klein-Jason war mit einer grünen Ente bekleidet und Klein-Medea mit einem grauen Hund.

KLEIN-JASON Ich kann die Ente nicht hierlassen. Du den Hund?

AMME *ins Telefon* Ich kann nicht mitten in der Nacht weggehen, nein, ich muß bei den Kindern bleiben. Das mußt du doch verstehen! Es geht nicht anders . . .

KLEIN-MEDEA Wir müssen sie hierlassen. Wir machen ganz schnell. Wir legen sie zusammen ins Bett. Wiedersehen, kleiner Hund.

KLEIN-JASON Tschüs, Ente. Küßchen.

KLEIN-MEDEA Wir müssen uns beeilen, los komm. Und wir dürfen keine Spuren zurücklassen. Nimm die Decken. Wir bauen ein Zelt draus.

KLEIN-JASON *hängt sich die beiden Decken um* Es macht keinen Spaß . . . Ich will was, das Spaß macht!

KLEIN-MEDEA Ich gehe nicht mit, wenn du jetzt anfängst zu spinnen. Nimm dich zusammen! *Sie schleichen in den dunklen Vorraum.*

AMME *ins Telefon* . . . es geht wirklich nicht, nein! Gute Nacht.

KLEIN-MEDEA Verdammt, ich muß mal. *Sie läuft mit überkreuzten Beinen ins Kinderzimmer und holt den Hund.*

KLEIN-JASON *seufzt ungeduldig und geht ihr nach* Kannst du draußen machen. Komm jetzt!

KLEIN-MEDEA *läuft wieder ins Kinderzimmer* Jetzt auch noch groß!

KLEIN-JASON *geht ihr nach* Verdrück es!

KLEIN-MEDEA Warte. Ja. *Sie setzt sich kurz auf einen Stuhl, dann gehen beide hinaus.*

KLEIN-JASON *wieder hinein* Ich habe meinen Ausweis vergessen!

KLEIN-MEDEA Du hast doch gar keinen.

KLEIN-JASON *hat bemerkt, daß Klein-Medea heimlich ihren Hund eingesteckt hat, und nimmt seine Ente mit* Die Ente glaubt, alle Menschen sind Enten . . .

KLEIN-MEDEA Los jetzt! Wollen wir nun abhauen oder nicht?! *Sie zögern. Im Vorraum, flüstern.*

KLEIN-JASON Wir haben aber kein Geld. Ohne Geld kommen wir nicht weit.

KLEIN-MEDEA Geh rein und klau was.

KLEIN-JASON Ich? Mach du das doch!

KLEIN-MEDEA Wer hat denn alles getan? Wer hat alles organisiert? Wer hatte die Idee? Los, beeil dich, ich schwitze mich zu Tode! *Klein-Jason schleicht sich auf die Erwachsenenebene und holt einen goldenen Teller.* Was sollen wir denn damit?!

KLEIN-JASON Verkaufen . . .

KLEIN-MEDEA Na, gut – das kannst du machen. Die Mama wird schön böse sein.

KLEIN-JASON Was sie wohl sagen werden, wenn sie entdecken, daß wir weg sind? *Sie sehen sich um. Alle schlafen.*

KLEIN-MEDEA Gut, daß wir sie los sind. Verfluchte Kinder. Vor allen Dingen Klein-Medea.

KLEIN-JASON Gut, daß er abgehauen ist. Nicht mal Fußballspielen konnte er!

Die Kinder sind wieder im Kinderzimmer. Stille. Die Stille wirkt wie ein Echo nach ihrem Ausbruch.

Der Traum. Traummusik

KLEIN-MEDEA Es ist so still.

KLEIN-JASON Warum wachen sie nicht auf?

KLEIN-MEDEA Wie hinter Glas, wo man nicht hört, wenn einer schreit.

KLEIN-JASON Ja.

KLEIN-MEDEA Wie in dem Glashaus, von dem ich geträumt habe. Wir waren tot.

KLEIN-JASON Was?

KLEIN-MEDEA Ich habe geträumt, wir sind tot. Du lagst so . . . und ich so . . . man hatte uns mit einer Axt erschlagen. *Klein-Medea legt Klein-Jason ausgestreckt auf den Fußboden, sie legt sich selbst aufs Bett.* Und an der Axt waren Glöckchen. Mich direkt in den Bauch. Und dich am Hals. Dein Kopf fiel ab und kullerte wie ein Ball über den Boden. *Sie rollt den Ball. Jason kommt lautlos angelaufen.* Dann kam Papa und nahm in auf, weil er zum Sportplatz wollte, Fußballspielen. »Er hat die Zähne wieder nicht geputzt«, sagte er, als er dich erkannte. *Lässig kickt Jason pantomimisch den Ball.*

KLEIN-JASON Warum waren wir denn tot? Was war denn passiert?

KLEIN-MEDEA Ich weiß nicht. Das war, als die Mama böse war und gezaubert hat. *Medea wirbelt über die Bühne und zaubert einen zwanzig Meter langen Schleier auf die Bühne. Schleiermusik, gesungen in hellstem Falsett.*

KLEIN-JASON *beschwichtigend* Sie hat ein Geschenk gezaubert . . .

KLEIN-MEDEA *bedrückt* Aber es war vergiftet.

KLEIN-JASON Aber es war nicht für uns.

KLEIN-MEDEA Nein, aber wir mußten es hinbringen.

KLEIN-JASON Aber wir haben es weggeworfen.

KLEIN-MEDEA Aber Mama hat gezaubert, und da mußten wir . . .

KLEIN-JASON ... und brachten das Geschenk zu Glauke. *Glauke/Amme auf dem Steg. Ein roter Spot fängt ihren einen Glasschuh ein.*

KLEIN-MEDEA *dumpf* Sie stand vor ihrem Haus und legte sich sofort den Schleier um, weil sie ihn so schön fand. *Glauke zieht den anderen Schuh an.*

KLEIN-JASON Laß es sein! Faß ihn nicht an!

KLEIN-MEDEA Dann verbrannte sie.

Musik. Tragischer Gesang. Glauke tanzt sich in den Schleier und stirbt. Gesang:

Und der Schleier, das Geschenk der Kinder,
fraß sich hinein und zerfraß ihre
weißen Glieder und Blut und Feuer
vermischt tropfte von der Stirn,
ein Schreckensbild, niemand wagte
die Leiche zu berühren.

Jason trägt Glauke hinaus. Die Musik spielt leise weiter.

KLEIN-JASON Unheimlich. Wie dieses Napalm ... diese Bombe.

KLEIN-MEDEA Und dann waren alle hinter uns her, alle wollten sich an uns rächen, und wir rannten und rannten ...

KLEIN-JASON *ängstlich* Und dann waren wir zu Hause?

KLEIN-MEDEA *bedrückt* Ja, dann waren wir zu Hause.

KLEIN-JASON *unsicher* Bei Mama?

KLEIN-MEDEA *tonlos* Ja, und sie schlug uns mit dieser Axt mit den Glöckchen. Und wir waren tot.

KLEIN-JASON *entsetzt, sprachlos* Pah, das würde sie nie tun! Und warum auch?!

Medea springt auf das Etagenbett, begleitet den folgenden Text pantomimisch, den Klein-Medea aufsagt.

KLEIN-MEDEA »Um mich zu rächen an meinem Mann für sein Verbrechen! Ich dürste wie ein wildes Tier nach Blut!«, und du riefst: »Oh, wo soll ich mich verstecken vor der Mutter?«, und ich: »Weiß nicht, kleiner Bruder, wir müssen sterben« und »Rette uns um des Himmels willen! – aber schnell, wenn nicht das Schwert uns gleich soll treffen«.

KLEIN-JASON Mama schlug uns tot, um uns zu retten? Weil sie uns verfolgten? Das soll der einzige Ausweg gewesen sein?

Beide seufzen und fassen sich an den Händen. Jason und Medea tanzen ein Ballett in Kothurn, eine Groteske. Die Traummusik geht in Ballettmusik über.

MEDEA Sieh, sie sind tot. Das wird dich quälen.

JASON Sie leben, ihr Blut verfolgt dich.

KLEIN-MEDEA Aber wir haben sie bloß ausgelacht, denn wir waren ja tot.

MEDEA Daß du die Schuld trägst, weiß der Himmel.

JASON Arme Kinder, die an solche Mutter geraten sind.

KLEIN-JASON Und sie wirkten so lächerlich mitten in der ganzen Blutwursterei . . .

MEDEA Ihr Kinder, die eures Vaters Fehltritt getötet.

JASON War es meine Hand, die sie zu Boden warf?
KLEIN-MEDEA Von unten sahen sie ganz schön verrückt aus.
MEDEA Das war deine Treulosigkeit, dein neuer Ehebund.

Wind kommt auf. Argos Drachenkopf kommt von oben. Die Ballettmusik geht in die Argomusik über. Jason und Medea hören auf zu tanzen. Sie reden weiter, ohne daß man sie hört.

KLEIN-JASON Die Argo ist gekommen.
KLEIN-MEDEA Ja, aber sie sehen sie nicht. Die Argo fährt gleich weiter.
KLEIN-JASON Tschüs, Argo ... Komm, Klein-Medea ... wir können gehen.

Die Argo verschwindet. Musik aus. Der Traum wird blasser und verschwindet.

KLEIN-MEDEA Nein, das geht nicht. Das ist nur ein Traum ... Du sitzt fest. Wir kommen nicht los ...
KLEIN-JASON War das ein Alptraum?
KLEIN-MEDEA Ich weiß nicht, Kleiner. Gute Nacht.

Klassikerebene III, die falsche Versöhnung

Morgenmusik, »Jetzt rinnet der heiligen Gewässer«

AMME *breitet ein weißes Tischtuch auf dem Boden aus, macht eine Karategeste und geht auf den Steg* Jason und Medea haben sich entschieden. Sie lassen sich scheiden. Sie haben mich gebeten, den Tisch besonders feierlich zu decken. Möchte wissen, was sie mit den Kindern machen. Hoffentlich werden sie es ihnen endlich sagen. *Sie geht ab.*

Musik aus. Licht auf Medea und Jason. Hochstilisierte klassische Szene, die die Verlogenheit transparent macht.

AMME *kommt mit dem Frühstückstablett herein* Das Frühstück ist fertig, Kinder! *Zu Jason.* Guten Morgen.

MEDEA Jason!

JASON Ja! *Sie bewegen sich mit ausgestreckten Händen aufeinander zu.*

MEDEA *leise zu Jason* Verzeih mir, was ich gesagt habe. Denk nicht mehr an meinen Zorn. Wir haben einander ja auch viel Gutes getan.

Sie treffen aufeinander, umarmen sich nicht, sondern geben sich Distanz wahrend die Hand. Die Amme holt Stühle. Die zum Frühstück kommenden Kinder sind hellwach, haben aber Mühe, die Vorgänge zu begreifen.

MEDEA *während sie die Kinder holt, spielt ihnen etwas vor* Kommt, Kinder! Kinder, kommt her! Und begrüßt euern Vater. Ich war im Unrecht, ich sehe das ein. Aber nun soll alles anders werden.

JASON *fröhlich* Kinder, euer fürsorglicher Vater hat mit der Götter Hilfe auf die beste Weise für euch gesorgt.

KLEIN-JASON Vertragt ihr euch jetzt wieder?

AMME Ach, nein, Kinder, sie lassen sich jetzt scheiden. *Alle erstarren.* Aber jetzt sind sie sich nicht mehr böse.

JASON *Klein-Jason bekommt von ihm eine Tüte mit Bonbons* Wachst und gedeiht!

KLEIN-JASON *er zieht am Rock der Mutter* Ob ihr euch jetzt wieder vertragt?

Die Eltern reden leise und beherrscht miteinander.

MEDEA Ich schätze dich, du bist verständig.

JASON Recht so, Medea.

Die Kinder versuchen, die Aufmerksamkeit der Eltern auf sich zu lenken.

KLEIN-JASON Ich will jetzt endlich wissen, ob ihr euch wieder vertragt?!

KLEIN-MEDEA Und was soll dann aus uns werden? Soll ich Klein-Jason versorgen? *Sie hängt sich an Jason.* Oder sollen sich die Nachbarn um uns kümmern?

MEDEA So sind wir eben. Wir sind nicht schlecht. Wir sind . . . nur Frauen.

JASON Recht so, Medea.

KLEIN-MEDEA *versucht, Antwort von Medea zu bekommen* Sollen wir eine Woche bei dir und eine Woche bei Papa wohnen? Oder allein mit der Anna?

Oder am Tag bei Papa und in der Nacht bei Mama?!

KLEIN-JASON Bin ich daran schuld?

Jason und Medea wehren die Kinder ab und entziehen sich ihnen. Sie stellen sich auf die Stühle und lassen ihre langen Gewänder herabfallen.

AMME *zu den Eltern* Antwortet jetzt!

MEDEA Ich ging mit mir ins Gericht und dachte, Närrin, die sich vergeht und gegen ihre wahren Freunde aufbraust.

KLEIN-JASON Mama!!

AMME *sitzt zwischen den Eltern und versucht zu vermitteln* Gebt den Kindern endlich eine Antwort!

KLEIN-JASON Mama!

JASON Recht so, Medea! Es ist natürlich, daß die Frau rast, wenn der Mann sich eine andere nimmt.

KLEIN-MEDEA Papa!

AMME Antwortet den Kindern!!!

KLEIN-MEDEA Papa!

MEDEA Eintracht soll jetzt herrschen und aller Groll vergessen sein.

KLEIN-JASON Mama!

JASON Recht so, Medea! Du beugst dich endlich einer klugen Einsicht. So handelt eine vernünftige Frau!

KLEIN-MEDEA Papa!

AMME *völlig außer sich, zu den beiden ›Statuen‹, während die Kinder sich aus Protest mit roter Marmelade beschmieren* Jetzt hört doch endlich, was die Kinder sagen!

KLEIN-JASON Maikäfer flieg, dein Vater ist im Krieg, die Mutter ist in Pommerland . . .
KLEIN-MEDEA Im Supermarkt, im Supermarkt, kann man sich neue kaufen . . .

Medea fängt an zu weinen.

JASON Warum stehst du da mit tränennassen Augen und wendest deine bleichen Wangen ab, statt dich zu freuen über meine Worte!
MEDEA Es sind die Kinder. *Medea und Jason springen von den Stühlen. Zur Amme.* Um Gottes willen, das geht zu weit! Sag ihnen, sie sollen sofort mit der Schmiererei aufhören!
JASON *zur Amme* Als ich dich ins Haus holte, habe ich dir gesagt, paß auf sie auf und halte Ordnung! Das ist Anarchie!
MEDEA Schrecklich!
AMME *leise aber eindringlich* Ihr seid schrecklich. Ihr zerstört jetzt alles. Euch kümmert nichts. Egal, was aus den Kindern wird!
JASON Was für ein Ton?!
AMME Weil die Kinder verzweifelt sind, beschimpft ihr mich und denkt dabei einzig und alleine nur an euch!
JASON Misch du dich nicht in unsere Angelegenheiten. *Flüstert.* Du bist für die Kinder da und wirst dafür bezahlt . . . aber was machst du? Du läßt sie verwildern!
MEDEA *beschwichtigend* Mein Mann meint . . . nicht so direkt, daß . . .
AMME Ich pfeif auf ihre Meinung, mit ihnen ist nicht mehr zu reden! Sie sind besessen von sich selber. Und schlimme Eltern sind sie obendrein. Und auch

noch das: alles kann man nicht bezahlen! Mich, zum Beispiel! In diesem Haus kann ich nicht mehr wohnen und nicht mehr arbeiten! Es ist so sinnlos. Alles!

JASON Beruhige dich. Hör mir zu!

AMME Ich gehe jetzt! *Sie geht.*

MEDEA Das ist der Dank! Ich bin am Ende!

Die Kinder meistern ihre Situation

Die Kinder erwachen aus ihrer Apathie, sie werden aktiv und zeigen Gefühle.

KLEIN-JASON *zur Amme, hält sie fest* Bleib . . .

Die Amme reißt sich los, sie geht in ihr Zimmer und packt ihre Sachen.

KLEIN-MEDEA Du darfst jetzt nicht weggehen! Sie darf nicht gehen! *Stürzt sich auf Medea.* Verdammte Hexe! Hexe! Hexe!

KLEIN-JASON *droht Jason mit der Faust, weinend* Anna bleibt! Anna bleibt! Ich habe nichts gemacht! Du bist doof, doof, doof . . . *Schlägt auf Medea ein, die in Tränen ausbricht.* Ich bin nicht schuld, daß Papa geht . . .

JASON *sieht erschrocken auf die marmeladeverschmierten Kinder* Hört auf, ich bitte euch, hört auf! Hier . . . wird jetzt niemand gehen.

KLEIN-MEDEA Alles nehmt ihr uns weg, alles! Wenn sie geht, gehen wir auch.

KLEIN-JASON Und warum beschimpft ihr sie? Das machen wir nicht mehr mit!

KLEIN-MEDEA Mit euch wollen wir nicht mehr leben!

MEDEA *schluchzt* Weil ich eine Hexe bin?

KLEIN-MEDEA *tröstet Medea* Nein, aber ... keine richtige Mutter.

MEDEA Ach, ich war ... so verwirrt.

KLEIN-JASON *tröstet die schluchzende Medea ebenfalls* Du hast uns vergessen, nicht wahr? Es ist nicht meine Schuld, daß Papa geht.

KLEIN-MEDEA *löst sich von Medea und geht zu Jason* Ziehst du dann aus?

JASON Nein ...

KLEIN-MEDEA Hau doch ab, Jason! Hau endlich ab zu deiner Freundin Glauke! Und grüße sie von uns. Wir haben sie gern. *Drängend, ihn schiebend.* Geh Jason, geh zu Glauke. Wir wollen die Entscheidung jetzt!

KLEIN-JASON *nimmt Medea in die Arme, als wäre sie ein kleines Kind* Wir halten es sonst nicht mehr aus!

JASON *unschlüssig* Aber ich kann euch nicht verlassen ... und wenn Mama so traurig ist ...

KLEIN-MEDEA Zieh du nur aus, wir kümmern uns um sie.

JASON Ja, aber ... so einfach gehen ... einfach so ...

KLEIN-JASON Warum denn nicht. Du wirst dich dran gewöhnen.

JASON *hilflos* Aber Anna ... ich habe nichts bezahlt ... ich schulde ihr den Lohn, wenn sie ...

KLEIN-MEDEA Sie bleibt. *Fast zärtlich.* Geh jetzt, Papa.

JASON *schlägt die Hände vors Gesicht* Ich kann nicht ...

KLEIN-MEDEA Wir werden dich besuchen.

Jason geht unentschlossen ab. Klein-Jason schießt einen gelungenen Paß.

KLEIN-MEDEA Good morning!

Die Argomusik wird ausgeblendet. Stille. Lichtwechsel. Musik.

Torsten Letser
Der kleine Prinz von Dänemark

PERSONEN

HAMLET, Sohn des Königs, 8 Jahre alt
OPHELIA, Tochter des Polonius, so alt wie Hamlet
KÖNIG
CLAUDIUS, sein Bruder
POLONIUS, Hofrat, Politiker
BERNARDO, Soldat
FRANCISCO, Soldat
WACHE
BÄR
SÄNGER

Das Stück ist so geschrieben, daß es von fünf Darstellern gespielt werden kann.

Zeit und Ort der Handlung: Schloß Helsingör in Dänemark im Herbst 1587

Prolog

Im Hintergrund ein »Kupferstich«. Die Schauspieler kommen mit Laute, Flöte, Tamburin, Handtrommel.

ALLE
Dumdidum, dumdidum, dumdidum da,
Dumdidumdum.
Dumdidum, dumdidum, dumdidum da,
Dumdidumdum.

SÄNGER
Wir spielen Euch heute die Geschichte
von einem kleinen dänischen Prinzen.
In dem düsteren Schloß, von dem ich berichte,
auf Helsingör ist keine Freude zu finden.

ALLE
Dumdidum, dumdidum, dumdidum da,
Dumdidumdum.
Dumdidum, dumdidum, dumdidum da,
Dumdidumdum.

SÄNGER
Der König ist nämlich mal wieder im Kriege.
Es sterben Väter, und Kinder weinen.
Am Hof, da herrschen Gemeinheit und Lüge.
Alles alte Geschichten, sollte man meinen!

ALLE
Dumdidum, dumdidum, dumdidum da,
Dumdidumdum.

SÄNGER
Jetzt gehts ins Mittelalter, gebt acht!
Wir sind am Burgwall. Es ist Nacht.
Wir sind am Burgwall. Es ist Nacht.

ALLE
Es ist Nacht. *»Kupferstich« weg.*

Erste Szene

Wachablösung am Wallgraben vor dem Schloß.

FRANCISCO
Herrjemine und ach und zweifach weh!
Wie kalt die Nacht ist und wie lang sie dauert!
BERNARDO
Wer da?
FRANCISCO
Wie?
Ein Maulwurf, Todesengel oder Dieb?
BERNARDO
Halt! Stillgestanden! Gebt mir Antwort!
FRANCISCO
Wer da?
BERNARDO
Wo da?
FRANCISCO
Na da!
BERNARDO
Ein Freund von Dänemark. Der König lebe!
FRANCISCO
Bernardo?
BERNARDO
Ja, er selbst.
FRANCISCO
Es lebe der König! Er lebe!
BERNARDO
Scharf beißt die Luft, so kalt ist es geworden.
FRANCISCO
Sie beißt mir bis ins Ohr hinein, so kalt.
BERNARDO
Die Zehen werden steif und weiß wie Eis.

Eine Kirchturmuhr schlägt.

FRANCISCO
Zu rechter Zeit kommst du, mich abzulösen.
BERNARDO
Ja.
Geh nur, es ist Zeit fürs warme Bett.
Doch sag mir, ward des Königs Schiff gesichtet?
FRANCISCO
Kein Schiff am Meereshorizont, nicht mal
die Ratten sah man hier von einem Schiff.
BERNARDO
Jetzt stell dir nur mal vor, des Königs Schiff,
es wär verschwunden dort im tiefen Meer!
FRANCISCO
Oder er wär von einem Schwert erschlagen
im norwegischen Krieg, den er entfacht!
BERNARDO
Wo Menschen wie das Vieh zur Schlachtbank ziehn.
FRANCISCO
Nur weil ein Mächtiger nach mehr Macht schrie.
BERNARDO
Wann hat es ein Ende –
FRANCISCO
– das Töten, dies elende!
BERNARDO
Mist, Pest, Hunger und Not!
FRANCISCO
Wär nur schon der König tot!

Hamlet hat sich zum Wallgraben hinausgeschlichen.

HAMLET Wer da?

Francisco und Bernardo
Wo da?
Hamlet Hier!
Francisco
Halt!
Bernardo
Im Namen des Königs von Dänemark!
Hamlet Nein, hier!
Francisco
Prinz Hamlet!
Bernardo
Wie kommst du nur ... was tut Ihr hier, mein Prinz?
Hamlet Ich warte auf meinen Vati, und da ...
Francisco und Bernardo
Es lebe der König, der König von Dänemark!
Hamlet ... und da dachte ich, ich sehe vielleicht sein Schiff.
Francisco
Wie aber kamt Ihr aus dem Schloß heraus?
Hamlet Einfach so, gegangen.
Bernardo
Des Schlosses Tore sind bei Nacht verschlossen.
Hamlet Klare Sache.
Francisco
Ihr kamt doch nicht auf Engelsflügeln her?
Hamlet Nein, auf meinen eigenen Füßen.
Bernardo
Nun seid so gut und sagt, wie das geschah.
Hamlet Dann müßt Ihr mir aber was versprechen.
Francisco und Bernardo
Versprechen?
Hamlet Es ist ein Geheimnis.

FRANCISCO UND BERNARDO
Geheimnis?
HAMLET Versprecht mir, daß Ihr es keinem weitersagt!
FRANCISCO UND BERNARDO
Nein, nein . . . ja, ja, das wollen wir versprechen.
HAMLET Ich weiß einen Geheimgang im Schloß.
FRANCISCO
Geheimgang!
BERNARDO
Trotzdem, mein Prinz, hier könnt Ihr doch nicht bleiben.
HAMLET Ich wollte bloß nachsehen, ob der Vati und sein . . .
FRANCISCO
Von seinem Schiff sahn wir nicht mal den Schatten.
HAMLET Warum ist er eigentlich von hier weggefahren?
BERNARDO
Weil er doch Krieg führt gegen Norwegen.
HAMLET Ich glaube, ich finde das nicht gut.
BERNARDO
Auch wir, wir finden nicht . . .
FRANCISCO
Hingegen wir, wir finden,
Dein Vater ist ein großer tapfrer König.
BERNARDO
Vom Volk zu lieben, tapfer ihm zu folgen.
HAMLET Aber warum führt er denn Krieg?
FRANCISCO
Für Dänemarks und unser aller Bestes!
HAMLET Ich will aber, daß er zu Hause bleibt, bei mir!

BERNARDO
Mein Prinz, Ihr müßt nun doch zum Schloß zurück.

FRANCISCO
Ich wage nicht zu denken, was dein Onkel
Claudius machen würde mit uns beiden . . .

BERNARDO
. . . wenn er zu dieser späten, dunklen Stunde
den Prinzen Hamlet hier mit uns erblickte!

HAMLET Ich bin nicht müde. Ich bleib noch ein bißchen.

FRANCISCO UND BERNARDO
Wir bitten Euch, mein Prinz, Ihr dürft nicht bleiben!

BERNARDO
Das könnte übel ausgehn für uns zwei.

FRANCISCO
Wollt Ihr, daß unsre Köpfe rollen sollen?

HAMLET Ich bin vielleicht doch ein bißchen müde, glaub ich.

FRANCISCO UND BERNARDO
Beeilt Euch nur, dann gibt es keinen Ärger.

HAMLET Vielleicht kommt der Vati morgen?

BERNARDO
Was morgen ist, das kann man heut nicht wissen.

FRANCISCO
Kommt jetzt!
Wir wecken sonst noch alle Leute auf!

Sie gehen.

Zweite Szene

Morgen. Ein Raum im Schloß, wo das Symbol der Macht, die Königskrone, aufbewahrt wird.

CLAUDIUS
Voll Sorge und voll Sehnen noch ein Tag.
Von deinem Glanze bin ich ganz gefangen
und von der Macht und Stärke, die du gibst!
Jedoch du bist nicht mein,
bist noch nicht mein!
Doch eines Tages will ich selbst dich tragen.
Und müßte ich das Himmelstor erbrechen,
mein sollst du werden!
Aber wie?
Wie fange ich das nur am besten an?
Wache! Wache!

FRANCISCO
In Eurem Dienst zu Diensten!

CLAUDIUS
Du Wicht von Wache! Schläfst du hier im Dienst?

FRANCISCO
Der kalte Nachtwind nur hat mir das Ohr
mit einem Stopfen wie aus Eis verschlossen.

CLAUDIUS
Hörst du mich besser jetzt?

FRANCISCO
Wie einen Orkan.

CLAUDIUS
Dann sag Polonius, er möge kommen.

FRANCISCO
Sogleich und auf der Stelle und sofort!

POLONIUS *mit dem Haushaltsbuch unterm Arm*
Kaum scheint die Morgensonne, guten Morgen!

CLAUDIUS
Wie? Ach ja, Polonius.
Wichtige Dinge gibt es zu besprechen.
POLONIUS
Wichtige Dinge haben stets Gewicht.
FRANCISCO
Hier bin ich!
POLONIUS
Nicht Wicht hab ich gesagt: Gewicht!
Ein solcher Wicht ist niemals von Gewicht.
Nun weg mit dir!
FRANCISCO
Wie?
CLAUDIUS
Jetzt geh, und daß uns keiner weiter stört!
Polonius,
du bist ein kluger, einfallsreicher Mann.
POLONIUS
Eingefallen, ausgefallen,
wichtig ist, es nützt uns allen.
CLAUDIUS
Ja? Ich hätt es selbst nicht besser sagen können.
Wie gesagt,
mein bester Freund und Geber guten Rats,
ich dachte jetzt was Heikles dich zu fragen.
POLONIUS
Ohn Zagen könnt Ihr mich zu fragen wagen.
Ich rate stets den Rat, der ratsam ist.
CLAUDIUS
Sag mir, was du von unserm König hältst.
POLONIUS
Vom König? Der König, will ich doch wohl meinen,
sei unsres Landes bester, größter Mann.

CLAUDIUS
Als solcher wäre er von größtem Gewicht?
POLONIUS
O jaa, das ist ein Faktum absolutum!
CLAUDIUS
Der beste Mann muß also König sein?
POLONIUS
Vor allen Dingen unbedingt.
CLAUDIUS
Nun sag mir noch, Polonius:
Meinst du denn auch, das ist bei uns der Fall?
POLONIUS
In diesem Fall, will ich gewiß doch meinen,
ist es nun so bestellt, daß unser König
der vorerwähnte Fall persönlich ist.
CLAUDIUS
Glaubst du, es gibt in diesem Lande einen,
der ein noch bessrer König wär als er?
POLONIUS
Das ist ja gar nicht möglich, ganz unmöglich!
CLAUDIUS
Komm, mein Freund!
Willst du es denn nicht einmal besser haben?
Ich meine nur: Mehr Macht und auch mehr Geld.
POLONIUS
Das wäre wiederum so übel nicht.
CLAUDIUS
Bekommst du das, so lang er König ist?
POLONIUS
Nein, ich glaub, er kann mich gar nicht leiden.
CLAUDIUS
Und das, weil er ein schlechter König ist.
Wenn aber ich
nun König würd, ich würde dich belohnen.

POLONIUS
Belohnen? Mit wieviel?
CLAUDIUS
Viel, viel!
POLONIUS
Ich dachte stets, er ist ein schlechter König,
dagegen Ihr der beste Mann im Land.
CLAUDIUS
Der Beste aber muß der König sein.
POLONIUS
Faktotum absolutum.
Seit langem ist mir klar, daß Ihr und keiner sonst der
Dänen König müßtet werden.
CLAUDIUS
Gut so.
Doch merk dir: Wenn ich König werd, dann nur
zum Besten unsres lieben Dänenvolkes.
POLONIUS
Zum Besten unsres lieben Volks, natürlich.
CLAUDIUS
Gewiß. Die Frage ist nur, wie mans macht.
POLONIUS
Ihr seid doch Brüder, Ihr und unser König,
und wenn er stirbt, erbt Ihr von ihm die Krone.
CLAUDIUS
Das weiß ich auch, doch vorerst lebt er noch.
POLONIUS
Wenn er nicht schon im Krieg in Norwegen fiel.
CLAUDIUS
Wenn aber nicht, dann ist er bald schon hier.
POLONIUS
Und dann, ich meine, falls er wieder heimkommt,
dann sorgen beide wir dafür, daß Tod
mit schwarzer Hand nach seiner Kehle greift.

CLAUDIUS
So meinst du wohl, wir sollen ihn ermorden?

Hamlet ist unbeobachtet hereingeschlichen. Hält zwei Puppen in den Händen, eine davon ein brauner Bär.

HAMLET Da hab ich mich wohl verhört?
POLONIUS
Nicht lang gefackelt und ein schnelles Ende.
CLAUDIUS
Doch wie? Es darf nicht aussehn wie ein Mord.
POLONIUS
Hört nur!
Keiner wird erfahren oder wissen,
daß wir in den Willkommenstrunk des Königs
ein tödlich starkes Gift gegeben haben.
HAMLET Vati – tödliches Gift . . .
CLAUDIUS
Hab ich da eben nicht was piepsen hören?
POLONIUS
Hamlet, Prinz! Wie kamt Ihr hier herein?
CLAUDIUS
Wie lang bist du schon hier? Gib Antwort!
HAMLET Ich bin grade eben gekommen.
POLONIUS
Dann hast du nicht gehört, wovon wir sprachen?
HAMLET Wieso denn? Ich bin doch grade eben gekommen.
CLAUDIUS
Dann bist du sicher, du hast nichts gehört?
HAMLET *Puppe I*
Wir hören keine Sachen!
HAMLET *Puppe II*
Wir wollen bloß was machen!

HAMLET Ich wollte bloß mit irgendwem spielen.

POLONIUS
Ganz ungefährlich, er ist nur ein Kind.

CLAUDIUS
Na ja, geh jetzt hinaus und spiel ein bißchen,
statt uns hier in der Politik zu stören.

POLONIUS
Vergeßt nicht, Prinz, daß Ihr ein Junge seid.
Mit Puppen spielen sieht nach Mädchen aus.

HAMLET Warum das denn?

CLAUDIUS
Jetzt frag doch nicht und geh nur wieder spielen!
Wir haben keine Zeit für Kinderkram.

Hamlet ab. Danach die anderen.

Dritte Szene

Schloßhof. Hamlet spielt mit seinen Puppen.

HAMLET *Puppe I*
So meinst du wohl, wir sollen ihn ermorden.

HAMLET Das darf ja wohl nicht wahr sein.

HAMLET *Puppe II*
Nicht lang gefackelt und ein schnelles Ende!

HAMLET Haben sie aber gesagt. Die wollen das machen. Aber warum? Warum wollen sie den Vati umbringen? Ich muß was machen . . .

OPHELIA Tag.

HAMLET Tag.

OPHELIA Ist was mit dir?

HAMLET Nein . . .

OPHELIA Ist was passiert?

HAMLET Weiß nicht.
OPHELIA Weißt nicht?
HAMLET Nein, nichts ist passiert.
OPHELIA Geht es um deinen Vati?
HAMLET Woher weißt du das?
OPHELIA Sei nicht traurig. Er kommt ja bald nach Hause.
HAMLET Bald?
OPHELIA Willst du das denn nicht?
HAMLET Klar will ich das.
OPHELIA Dann sei auch ein bißchen fröhlicher!
HAMLET Ich kann nicht.
OPHELIA Warum denn?
HAMLET Ich weiß nicht, was ich machen soll.
OPHELIA Ich aber. Wir spielen.
HAMLET Ich hab keine Lust.
OPHELIA Wir spielen, wie dein Vati nach Hause kommt.
OPHELIA *Puppe*
Mein Sohn, nun bin ich wieder hier bei dir.
HAMLET Ich kann nicht.
OPHELIA Doch.
OPHELIA *Puppe*
Hamlet,
freust du dich nicht über meine Rückkehr?
HAMLET Doch, aber . . .
HAMLET *Puppe*
Vati, ich muß dir unbedingt was sagen.
OPHELIA *Puppe*
Sprich nur, ich hör dir immer gerne zu.
HAMLET *Puppe*
Hier braut sich grad was Schreckliches zusammen.
OPHELIA *Puppe*
So furchtbar schrecklich kann es doch nicht sein?

Claudius und Polonius kommen.

CLAUDIUS
Es ärgert mich, wenn er mit Puppen spielt.
POLONIUS
Ophelia, komm her, mein kleines Mädchen!
OPHELIA Ja, Vati, wir wollten bloß grade . . .
POLONIUS
Du sollst jetzt kommen, hast du nicht gehört?
OPHELIA Doch, Vati. Tschüs!
HAMLET *Puppe*
Leb wohl, Ophelia, wir sehn uns noch!

Polonius und Ophelia ab.

CLAUDIUS
Dummes Theater, hör doch damit auf!
HAMLET *Puppe*
Wenn das hier dumm ist, was ist denn dann ernst?
CLAUDIUS
Hamlet, mein Freund, du darfst doch nicht vergessen,
daß du ein Prinz bist, keineswegs Prinzessin.
HAMLET Das weiß ich auch.
CLAUDIUS
Auch du trägst eines Tags die Königskrone.
HAMLET Auch?
CLAUDIUS
Ich meine, wie es jetzt dein Vater tut
und wie ers hoffentlich noch lange tun wird.
HAMLET Ist das jetzt ernst?
HAMLET *Puppe*
Oder bloß Theater?

CLAUDIUS
Es ist in diesem Leben alles ernst.
Und deshalb sollst du spielen wie ein Prinz.
Wache!
Geh, schaff uns gleich zwei gute Degen her!

HAMLET Du, Onkel, fechten mag ich aber nicht.

CLAUDIUS
Du bist ein Junge, Prinz, da mußt du fechten.

HAMLET Aber ich will nicht.

CLAUDIUS
Du meinst, das Leben ist ein Spiel mit Puppen?

HAMLET Nein, mit Menschen.

CLAUDIUS
Willst du denn, daß dein Vater böse wird,
wenn er erfährt, daß du nicht fechten willst?

HAMLET Nein.

CLAUDIUS
Nimm schon den Degen hier, jetzt wird gefochten!

HAMLET Die sind so spitz.

CLAUDIUS
Natürlich, wenns auf Tod und Leben geht,
dann ist es doch die Spitze, die entscheidet.
Na, mach schon, Hamlet! Los, wir tun nur so!

Wie sie gerade zu fechten begonnen haben, werden sie von Fanfaren unterbrochen.

STIMME I
Des Königs Schiff in Sicht!

STIMME II
Des Königs Schiff in Sicht!

STIMME III
Des Königs Schiff in Sicht!

HAMLET Der Vati! Der Vati kommt! Onkel Claudius, das ist jetzt ernst! Und wie geht es weiter?

CLAUDIUS
Das ist jetzt ernst.
Bereitet euch, Dänemarks König sogleich zu empfangen!

Alle ab.

Vierte Szene

Schloßgarten. Claudius, Polonius und Wache kommen herein.

STIMME
Das Schiff ist da und legt im Hafen an!

POLONIUS
Die Stunde naht für den Willkommenstrunk.

CLAUDIUS
Meinst du, auf uns fällt irgendein Verdacht?

POLONIUS
Wer es auch sei, jetzt kann uns keiner hindern.

STIMME
Dänemarks König betritt wieder dänisches Land!

CLAUDIUS
Meinst du, der Hamlet hat uns zugehört?

Fanfaren und Böllerschüsse. Hamlet kommt herein.

HAMLET Ich muß den Vati warnen.

CLAUDIUS
Ich treff den König lieber erst allein.

POLONIUS
Wie du willst.
Ich will derweil des Abends Fest besorgen.
Da freut Ihr Euch, mein Prinz! Der Vati kommt!
STIMME
Es lebe der König, er lebe dreimal hoch!
VOLK
Hurra! Hurra! Hurra!

Fanfaren.

WACHE
Gebt acht, denn jetzt zieht unser König ein!
KÖNIG
Welche Freude, wieder heimzukehren!
HAMLET Vati!
KÖNIG
Mein Junge, Hamlet! Wie mein Herz sich freut!
CLAUDIUS
Seid mir willkommen, teurer Bruder, König!
HAMLET Ich muß dir was sagen, Vati.
KÖNIG
Erst muß ich meinen Bruder noch begrüßen.
HAMLET Aber . . .
CLAUDIUS
Welch Glück, du lebst und bist auch noch gesund!
KÖNIG
So schnell nimmt keiner mir das Leben weg!
HAMLET Vati, ich muß dir was sagen.
KÖNIG
Ach ja, da hätte ichs doch fast vergessen!
Wache, schafft den Käfig hier herein!
Ein königlich Geschenk sollst du vom Vati haben.

HAMLET Du, Vati, es ist aber wichtig . . .

Er wird von einem lauten Brummen unterbrochen. Ein Käfig wird hereingezogen, darin sitzt ein leibhaftiger Bär. Er wirkt böse und gefährlich: Wer würde das auch nicht, wenn man ihn in einen Käfig sperrt!

KÖNIG
Ja, paß nur auf, man darf nicht nah herangehn!
Des Waldes König – jetzt gehört er dir.
HAMLET Mir?
KÖNIG
Ein königliches Spielzeug für den Prinzen.
CLAUDIUS
Ich geh hinein. Wir sehn uns später, sprechen
über Wohl und Wehe Dänemarks.
KÖNIG
Gut.
Wir wollen möglichst bald darüber sprechen.
HAMLET Aber Vati, ich muß mit dir reden!
KÖNIG
Du hörst es doch, ich hab jetzt keine Zeit!
Wir beide reden dann ein andermal.
HAMLET Und der Bär?
KÖNIG
Gehört jetzt dir, doch sieh dich vor mit ihm!

König ab.

WACHE
Willst du, daß er tobt, so richtig,
nimm den Spieß und stich ihn tüchtig!
BÄR Brruumm!
HAMLET Hör auf! Ich will nicht, daß er tobt.

WACHE
Verzeihung, aber
wozu hat denn der Prinz den Bären jetzt?
HAMLET Weiß ich nicht.
WACHE
He, Achtung! Das kann sehr gefährlich sein!
HAMLET Ich finde, er sieht traurig aus. Warum hat der Vati dich bloß gefangen? Vati!

Hamlet ab. Hat der Bär ihm zugehört? Nein, ein Bär kann doch wohl nicht verstehen, was ein Mensch sagt.

Fünfte Szene

Thronsaal. Claudius und Polonius.

CLAUDIUS
Die Stunde naht heran, gleich wird er kommen.
POLONIUS
Alles bereit, auch der Willkommenstrunk.
CLAUDIUS
Hast du das Gift denn schon hineingetan?
POLONIUS
Hier ist das Gift, er solls alleine trinken.
In sein Glas tun wirs deshalb nur hinein.
CLAUDIUS
Doch Vorsicht jetzt – und still! Ich hör ihn kommen.

Der König kommt mit einer Wache.

KÖNIG
Sehr gut, nun können wir in Ruhe sprechen.

POLONIUS
Dem Heimgekehrten gilt mein froher Gruß!
KÖNIG
Danke, Polonius. Alsdann –
es geht um Wohl und Wehe Dänemarks.
CLAUDIUS
Doch erst erheb ich den Willkommenstrunk!
KÖNIG
Nicht jetzt, ich wollte erst heut abend trinken.
POLONIUS
Ach, Euer Majestät versteht gewiß,
der Bruder tränke gern auf Euer Wohl.
KÖNIG
Polonius, du Geber guten Rats
verstehst doch: Erst geht es um Dänemark.
POLONIUS
Natürlich, so beweist Ihr Eure Weisheit.
CLAUDIUS
Erzähl uns, wie es dir im Krieg erging.
KÖNIG
Besudelt meine Ehre und Dänemarks!
POLONIUS
Besudelt? Nun, der Regen wäscht sie sauber.

Hamlet kommt unbemerkt herein.

KÖNIG
In immer neuem Angriff waren wir
auf Fortinbras, Norwegens schlappen König,
eingestürmt mit Mut und blanker Waffe.
Ich hatte grade einen mit dem Schwert
vom Nabel bis zum Maul hin aufgeschlitzt,
als unsrer Kehlen heller Siegesschrei
mit eins des Todes schwarzem Flüstern wich.

HAMLET So hab ich Vati noch nie reden hören.
CLAUDIUS
Was war der Grund?
Wie konnte sich der Siegeswind so wenden?
KÖNIG
Ich schwöre bei St. Christians Schild und Schwert,
uns fielen starke Truppen in den Rücken.
POLONIUS
Aha, ein Hinterhalt, mit List gelegt.
CLAUDIUS
Fest saßt Ihr also wie in einer Zange.
KÖNIG
Wie in einer Zange.
Norwegens Schwerter hinten, vorn, ringsum!
CLAUDIUS
Da ward Euch also Angst und Ihr gabt auf.
KÖNIG
Angst?
Nie macht der Sperling einem Adler Angst!
Wir kämpften so, als wäre jeder zwei,
und doppelt gab man jeden Hieb zurück.
Es floß das Blut, es bebte nun der Grund
vom Tritt der Pferde, der Soldaten Fall!
Trotz allem ward die Übermacht zu groß.
Wir gaben schließlich notgedrungen auf
und mußten um den Frieden noch verhandeln.
HAMLET Ich glaub, mir wird schlecht.
CLAUDIUS
Wär es nach mir gegangen, hätten wir
Norwegen niemals einen Krieg erklärt.
POLONIUS
Gesteht nur ein, das war schon eine Dummheit!
KÖNIG
Was ich beschloß, das wäre dumm gewesen?

POLONIUS

Nein, ganz und gar nicht, nur – ich wollte sagen,
wenn dieses alles etwas war, und darin
herrscht doch kein Zweifel: solches ist der Fall –
das wär, im Gegenteil, doch äußerst dumm.

CLAUDIUS

Nun die Verluste, sind sie hoch?

KÖNIG

Zwei- bis dreitausend Dänen sind gefallen.

HAMLET

Dreitausend Tote!

POLONIUS *schlägt sein großes Buch auf, rechnet*

Zwei-, dreitausend.
Jawohl. Die trag ich hier als Minus ein.

KÖNIG

Dabei erweckt den größten Haß in mir,
daß wir auch noch bezahlen mußten, ganze
zehntausend Silberstücke, nur damit
wir unsre Toten dort begraben durften!

POLONIUS

Zehntausend, der Verlust ist wirklich groß!
Das ist der reine, runde Raubmord, das!

CLAUDIUS

Zehntausend Silberstücke in die Erde!
Dabei sind diese Leichen doch schon tot!

POLONIUS

Oje, oje, oje, oje, oje!
Das kommt ja hier im Minus noch dazu!

KÖNIG

Rache!
Gerächt wird Dänemarks und meine Ehre!
Mein Hals ist trocken. Gebt mir jetzt zu trinken!

HAMLET Trinken! Das Gift!

Vati!

KÖNIG
Was machst du hier?
HAMLET Ich muß dir was sagen, Vati.
KÖNIG
Du siehst doch wohl, daß ich beschäftigt bin.
CLAUDIUS
Mein lieber Bruder, willst du jetzt nicht trinken?
KÖNIG
Nein, das hat noch Zeit. Polonius!
POLONIUS
Ja.
KÖNIG
Sieh zu, daß man das Abendessen richtet!
POLONIUS
Todsicher und leise wird Trank und Speise, aber, versteht sich, majestätisch, aufgedeckt.
HAMLET Vati, verstehst du denn nicht? Ich muß mit dir reden!
KÖNIG
Ich bin so müde, du, ich kann jetzt nicht.
HAMLET Aber Vati, bitte ...
KÖNIG
Hör zu, jetzt quak mir nicht die Ohren voll!
CLAUDIUS
Paß auf, du gehst jetzt raus und übst noch Fechten.
KÖNIG
Du kannst auch mit dem Bären spielen, ja?
HAMLET Es ist aber wichtig, Vati!
KÖNIG
Ich werde wütend, wenn du nicht gehorchst!
CLAUDIUS
Das Kind hat eine rege Phantasie.
Und Kinder müssen ab und zu mal stören.

KÖNIG
Nein, wir wollen uns jetzt nur erfrischen,
dann essen wir und trinken gut. Von Wohl
und Wehe Dänemarks dann morgen mehr.

CLAUDIUS
Morgen wird er vielmehr ewig schlafen.
Auf, Bruder, denn vor Leere knurrt mein Bauch!

Sie gehen hinaus.

Sechste Szene

Das »Bärenzimmer«. Hamlet kommt herein.

HAMLET
Sie wollen den Vati umbringen.
Warum?
Warum hört er mir nicht zu?
Wenn ich bloß erwachsen wäre!
Alles kommt mir so unwirklich vor.
Als wäre es gar nicht ernst.
Ich könnte genau so gut tot sein –
oder jedenfalls nicht Kind.
Ich hab nicht verlangt, ein Kind zu sein,
dem keiner zuhört.

Kind sein oder nicht Kind sein, die Frage
stellt uns keiner. Daß wirs werden, daß man
zur Welt kommt, liegt nur an der Liebe der
Erwachsenen miteinander. Wir dagegen
haben keine Wahl in Sachen Leben.
Will ich oder will ich nicht ein Kind sein
in dieser unverständlich bösen Welt?

Nein! Blop machts, und wir sind auf einmal da.
Doch keiner, keiner hat mich je gefragt:
Mein kleiner Prinz, sagt, wollt Ihr jetzt heraus
aus Eurer Einsamkeit und zu den Menschen?
Oder wollt Ihr lieber drinnen bleiben,
so gut und warm geborgen, wie Ihr seid
und einfach schlafen, träumen auch vielleicht
von all den Farben und dem Licht da draußen,
vom Leben nach dem langen Schlaf im Bauch?
Vielleicht schlaf ich ja wirklich noch da drinnen,
und das hier alles ist ein Alptraum nur!
Bei Licht besehen gibt es mich dann gar nicht.
In einem bösen, bösen Traum vom Leben
spiel ich den Helden; nichts darin ist wahr!
Ich schlafe nämlich noch, ich träume bloß.

BÄR Kleiner Prinz!

HAMLET Ich höre. Ich träume bloß.

BÄR Nein, im Ernst!

HAMLET Träume sind nie ernst.

BÄR Das hier ist kein Traum.

HAMLET Wie kannst du dann reden, Bär?

BÄR Weil ich unglücklich bin, genau wie du.

HAMLET Bären gehören nicht eingesperrt.

BÄR Kinder auch nicht.

HAMLET Warum glaubst du, wollen sie den Vati umbringen?

BÄR Die Menschen wollen alles besitzen, was sie sehen, denn sie können nur mit den Augen sehen und nicht mit dem Herzen.

HAMLET Führen sie deshalb Krieg?

BÄR Ich glaube, ja. Und deshalb haben sie mich auch gefangen.

HAMLET Ach so, dann verstehe ich. Sie wollen Vatis Krone.

BÄR Irgend etwas wollen die Erwachsenen immer haben.

HAMLET Wenn der Vati mir nicht zuhört, wird er umgebracht.

BÄR Alle Großen sind einmal Kinder gewesen. Aber nicht viele erinnern sich daran. Deshalb hören sie Kindern nie zu.

HAMLET Du bist so lieb und nett.

BÄR Nur wenn ich Angst hab, komme ich euch gefährlich vor.

HAMLET Jetzt hab ich Angst, aber ich weiß nicht, was ich machen soll.

Ophelia ist hereingekommen.

OPHELIA Was redet ihr da?

HAMLET Wieso reden?

OPHELIA Du und der Bär.

HAMLET Siehst du ihn auch?

BÄR Sei doch nicht dumm! Warum sollte sie denn nicht? Sie ist doch auch ein Kind.

OPHELIA Sag schon, was redet ihr da?

BÄR Weißt du, der kleine Prinz ist unglücklich.

OPHELIA Sowas kommt vor.

BÄR Am schlimmsten ist es vielleicht, wenn einer, den man lieb hat, sich nicht um einen kümmert.

OPHELIA Das muß sein, wie wenn man dich nicht in deinem Wald leben läßt.

HAMLET Sie wollen meinen Vater umbringen.

OPHELIA Umbringen? Wer denn?

HAMLET Onkel Claudius ... und Polonius.

OPHELIA Vati. Macht mein Vati da mit?

HAMLET Ja ...

BÄR Deshalb hat Hamlet dir nichts gesagt.

OPHELIA Wir müssen was machen.
HAMLET Das weiß ich auch. Aber was? Es ist höchste Zeit!
BÄR Es gibt eine Möglichkeit . . .
HAMLET Was für eine?
BÄR Strengt eure Phantasie an!
OPHELIA Du meinst: Theater spielen?
HAMLET Jaa, die Puppen!
OPHELIA Aber wie?
HAMLET Ich weiß schon. Komm beeil dich!
OPHELIA Wir gehn dann jetzt, Bär.
BÄR Denkt daran, ohne Träume und Hoffnung kann man nichts verändern. *Der Bär ist wieder in den Käfig gegangen.*
HAMLET Ich verspreche dir, daß du hier rauskommst. Zurück in deinen Wald.

Alle ab.

Siebente Szene

Ein festlicher Raum im Schloß.

KÖNIG
Für eine Weile wolln wir jetzt den Ärger
vergessen, der uns heut beschäftigt hat.
CLAUDIUS
Uns nur des Lebens guter Seite freun.
KÖNIG
Ganz königlich soll uns das Mahl heut munden.
CLAUDIUS
Und hoch das Glas! Wir leiden keinen Durst!

KÖNIG
Wo steckt denn der Polonius? Wenn man
ihn braucht, ist er nicht da – und umgekehrt.
CLAUDIUS
Der hat doch immer etwas zu besorgen.
KÖNIG
Er kommt und geht, taucht auf, verschwindet wieder –
mir scheint, daß der noch mal zu viel besorgt.
POLONIUS
Euer Majestät, ich suche tausendfach
nur einen Jahrgang nach dem andern aus.
KÖNIG
Ich laß mir jetzt die Laune nicht verderben
und rede selbst im Zorn kein lautes Wort.
CLAUDIUS
Bald wird er überhaupt kein Wort mehr reden.
POLONIUS
Tausend Majestät mal bitt ich Euch,
weil ich so spät erst komme, um Vergebung.
KÖNIG
Dann laßt uns endlich mit dem Mahl beginnen!
CLAUDIUS
Den Wein so rot wie Blut wolln wir jetzt endlich
auf deine Heimkehr, lieber Bruder, trinken!
KÖNIG
Ja, gießt nur ein! Wir wolln nicht länger warten.
CLAUDIUS
Polonius! Daß man ihm reichlich einschenkt!
POLONIUS
Oh, mit Vergnügen!
CLAUDIUS
Mein Traum von Macht und Krone wird bald wahr!

POLONIUS *schüttet das Gift ins Glas*
Der Wein ward unversehns ein tödlich Gift.
Darf ich den Huldigungspokal Euch reichen?
KÖNIG
Nun denn! Auf uns! Die Zukunft Dänemarks!
CLAUDIUS UND POLONIUS
Auf unsre Zukunft!

In dem Augenblick kommen Hamlet und Ophelia.

HAMLET Vati!
KÖNIG
Na, da seid ihr ja!
HAMLET Wir möchten dir was vorspielen.
KÖNIG
Spielen?
OPHELIA Mit den Puppen.
POLONIUS
Ist irgend etwas mehr gekünstelt und
verlogen als Theater? Gleich verbieten!
CLAUDIUS
Wolln wir nicht Prosit sagen und eins trinken?
KÖNIG
Erst will ich mir doch diesen Spaß hier gönnen.
CLAUDIUS
Wir unterbrechen dafür unser Fest?
KÖNIG
Im Gegenteil! Erst damit fängt es an!
POLONIUS
Ich habe etliches noch zu besorgen.
Hofhaltung erst und Unterhaltung dann.
KÖNIG
Nur zu, ihr könnt jetzt spielen, Kinder!
Das muntert mich vielleicht ein wenig auf.

OPHELIA *Puppe Polonius*
Seit langem ist mir klar, daß Ihr und keiner
sonst der Dänen König müßtet werden.
HAMLET *Puppe Claudius*
Gewiß. Die Frage ist nur, wie mans macht.
OPHELIA *Puppe Polonius*
Nun, wenn er stirbt, erbt Ihr von ihm die Krone.
HAMLET *Puppe Claudius*
Das weiß ich auch, doch vorerst lebt er noch.
OPHELIA *Puppe Polonius*
Dann sorgen beide wir dafür, daß Tod
mit schwarzer Hand nach seiner Kehle greift.
HAMLET *Puppe Claudius*
So meinst du wohl, wir sollen ihn ermorden?
OPHELIA *Puppe Polonius*
Wenn wir in den Willkommenstrunk des Königs
ein tödlich starkes Gift gegeben haben . . .
CLAUDIUS
Das ist ja albern! Fast schon wieder lustig!
KÖNIG
Macht weiter! Tritt der König nicht bald auf?
HAMLET *Puppe König*
Welche Freude, wieder heimzukehren!
OPHELIA *Puppe Polonius*
Die Freude ist doch ganz auf unsrer Seite!
HAMLET *Puppe Claudius*
Den Wein so rot wie Blut wolln wir jetzt endlich
auf deine Heimkehr, lieber Bruder, trinken!
OPHELIA *Puppe Polonius*
Der Wein ward unversehns ein tödlich Gift.
HAMLET *Puppe Claudius*
Mein Traum von Macht und Krone, er wird bald wahr!
OPHELIA *Puppe Polonius*
Darf ich den Huldigungspokal Euch reichen?

HAMLET *Puppe König*
Nun denn! Auf uns! Die Zukunft Dänemarks!
HAMLET *Puppe Claudius* UND OPHELIA *Puppe Polonius*
Auf unsre Zukunft!
HAMLET *Puppe König*
O helft! Ich sterbe – Gift – der Wein – ich sterbe!
CLAUDIUS
Richtig komisch, so viel Phantasie!
KÖNIG
Auf die Theaterkunst der beiden sollten
wir jetzt trinken. Prosit! Doch wo ist
Polonius? Nun gut, dann ohne ihn!
HAMLET Nein, Vati! Verstehst du denn nichts?

In diesem Augenblick kommt der Bär hereingestürmt. Der König zieht den Degen.

CLAUDIUS
Hilfe!
KÖNIG
Die Kinder weg! Ich bring den Bären um!

Aber ehe er etwas unternehmen kann, trinkt der Bär schon vom Wein des Königs.

HAMLET Nein, Bär, nicht trinken!
OPHELIA Bär, bitte, tus nicht!

Aber der Bär trinkt, und man sieht, daß er stirbt.

BÄR
Das Schönste, was ein Mensch je werden kann,
ist gar nicht König über andre sein.

Er kann auch mit dem Herzen sehen lernen
und König werden – über sich allein.
Er stirbt.

OPHELIA Nein, stirb nicht! Bitte, Bär, stirb nicht!

HAMLET Und ich hatte es ihm versprochen. Jetzt kommt er nie mehr in seinen Wald zurück.

KÖNIG
Wie denn? Das mit dem Gift ist also wahr!

CLAUDIUS
Na, der verrückte Bär ist tot. Ein Glück!

KÖNIG
Das Gift – es hätte sonst doch mich getötet!

CLAUDIUS
Das muß ein Irrtum sein, ein grober Irrtum.

KÖNIG
Mein Bruder Mörder, dafür stirbst jetzt du!

HAMLET *fährt zwischen sie* Wenn du ihn umbringen willst, mußt du vorher mich umbringen.

KÖNIG
Verstehst du nicht?
Er wollte mich ermorden, seinen Bruder!

HAMLET Und was hattest du jetzt vor, Vati?

KÖNIG
Er hat doch angefangen – oder nicht?

HAMLET Was, meinst du, wollte ich dir vorhin erzählen?

OPHELIA Reicht es denn nicht, daß der Bär gestorben ist?

KÖNIG
Das ist tatsächlich äußerst sonderbar.
Jetzt ist er aber tot und muß verschwinden.
Schleppt den Bären hinaus.

HAMLET Er ist unsertwegen gestorben.

OPHELIA Er konnte mit dem Herzen sehen.

KÖNIG
Er war ein tapfrer Bär und wirklich mutig.
HAMLET Wenn Vati wenigstens zugehört hätte!
KÖNIG
Wache, bring uns den Polonius her!
HAMLET Was willst du tun, Vati?
KÖNIG
Ein König will nicht tun, vielmehr er muß.
HAMLET Was muß er denn?

Polonius wird hereingeführt.

OPHELIA Warum hast du das getan?
POLONIUS
Nichts ist geschehn, und gar nichts ward getan,
deshalb ist ungetan, was ich getan.
Doch wenn ihr meint, es wäre was getan,
entgegen der Wahrscheinlichkeit getan,
dann war es der da, Claudius wollt es tun.
CLAUDIUS
Krankhafte Phantasien, lieber Bruder!
Der da, Polonius, hat den Wein vergiftet!
POLONIUS
Großer König,
ich hoff, Ihr zweifelt nicht an meiner Treue!
Nie war ich falsch, und niemals werd ichs sein.

CLAUDIUS *lacht hysterisch.*

KÖNIG
Schweigt still!
Ihr habt euch mit viel Mut bewährt, ihr Kinder,
und auch der Bär, der mich gerettet hat.
Dies wiederum bringt mich darauf, mein Sohn,

daß eines Tags du König wirst wie ich.
Deshalb geb ich dir meinen Lieblingsdegen
und hoffe, du wirst ganz genau so stolz
und auch so tapfer, wie dein Vater war.
Gibt ihm den Degen.

HAMLET Aber, Vati . . .

KÖNIG
Die reine Unschuld deiner Kindheit hat
noch nicht die Bosheit dieser Welt durchschaut.

HAMLET Eine ganze Menge haben wir heute gesehen!

KÖNIG
Nur Claudius und Polonius saht ihr hier,
das schwarze Gift der Bosheit tief im Herzen.

OPHELIA Sag, daß du es bereust, Vati, und bitte um Vergebung!

KÖNIG
Vergebung,
die gibts für Frauen, Kinder und Verrückte.
Doch müssen Männer wie dies Mörderpack
für ihre schlimmen Machenschaften büßen.

HAMLET Warum das?

KÖNIG
Ich bin der Herr des Staates Dänemark.
Dänemark, der Staat, bin also ich.
Wenn ich nun schwach bin, ist der Staat es auch,
doch stark, zeig ich entschlossen meine Stärke.

OPHELIA Aber der Bär hat sein Leben gegeben! Ist das nicht genug?

KÖNIG
Was euer Bär tat, heiß ich wahrlich gut.
Doch gegen Lug und Trug und Niedertracht,
da hilft nichts anderes als Stahl und Blut.

HAMLET Das kann nicht richtig sein.

KÖNIG
So und nicht anders muß man Staaten lenken.
Es ist der alte Kreislauf: hart auf hart.
Wache, führ die beiden Mörder ab!
HAMLET UND OPHELIA Nein! Vati!
KÖNIG
Nach Norwegen will ich noch morgen segeln
und rächen meine Ehre, Dänemarks!

Achte Szene

OPHELIA Sag, daß das nicht wahr ist, Hamlet! Sag, daß alles nur ein Alptraum ist!
HAMLET Kann ich nicht, das ist nämlich ernst jetzt.
OPHELIA Wenn das Leben so schrecklich ist, will ich nicht leben.
HAMLET Wir haben es jedenfalls versucht, der Bär, du und ich.
OPHELIA Was hilft das, wo wir es doch nicht geschafft haben!
FRANCISCO
Wann hat es ein Ende –
BERNARDO
– das Töten, dies elende!
FRANCISCO UND BERNARDO
Solchen König will doch keiner haben.
HAMLET Sei nicht traurig, Ophelia! Das wird alles anders!
FRANCISCO
Mord und Krieg, Verderben und Verfall!
BERNARDO
Da ist was faul im Staate Dänemark.

FRANCISCO UND BERNARDO
Die Zeit ist aus den Fugen – weh!
HAMLET – doch ich bin der,
der auf die Welt kam, um sie einzurichten.
OPHELIA Wie willst du denn da was ändern?
HAMLET Wir können da was ändern,
wenn ich eines Tages König werde.
OPHELIA Wie denn?
HAMLET
Alles geht auf umgekehrte Weise.
In unsrem Staat, da sieht man mit dem Herzen,
und gute Taten werden dort belohnt.
Ein Wort wie Meuchelmord ist unbekannt,
und ein Begriff wie Rache ist uns fremd.
Der König wird auf alle Menschen hören.
FRANCISCO UND BERNARDO
Auf Soldaten auch?
HAMLET
Auch auf Soldaten, Kinder, braune Bären.
FRANCISCO
Werft die Waffen weg!
HAMLET
Alle Waffen wollen wir vernichten! *Zerbricht den Degen.*
BERNARDO
Keine Kriege!
HAMLET
Natürlich hören alle Kriege auf!

Francisco und Bernardo zerbrechen ihre Spieße.

HAMLET
Die Völker leben friedlich miteinander.
Ganz unvergleichlich werde ich regiern:

Ich schmeiß mich selbst als König raus!
Die Leute sollen lieber selbst bestimmen,
wie ihr Staat verwaltet wird.

OPHELIA Das ist doch ein Wunschtraum, Hamlet!

FRANCISCO
Ohne Träume –

BERNARDO
– und Hoffnung –

FRANCISCO UND BERNARDO
– kann der Mensch doch nichts verändern!
Es lebe die Zukunft! Ein dreifaches . . .

Aber von hinten ist der König aufgetreten. Blackout.

Epilog

Die Schauspieler.

ALLE
Trippel trappel trappel trippel,
trappel trippel trippel trappel,
trippel trappel, gebt jetzt acht!
Wir leben heute! Aufgewacht!

SÄNGER
Die Geschichte vom Prinzen ist aus.
Wie ein Traum war da das Leben,
doch für später, für draußen, zu Haus
Kann ein Traum uns Vertrauen geben.

ALLE
Möglich, möglich, könnte sein.

SÄNGER
Überall auf dieser Erde
gibts Kinder, die mit dem Herzen sehn.

Wenn ihr dann erwachsen werdet,
und das wird viel schneller gehn,
als ihr denkt: Denkt an den Bären!

ALLE

Trappel trippel trippel trappel,
trippel trappel, gebt jetzt acht!

SÄNGER

Mancher hat sein Herz versteckt.
Und wenn ein Traum es wieder weckt . . .?

ALLE

Trippel trappel trappel trippel,
trappel trippel.

Med Reventberg
Das kleine wilde Tier
Stück für Kinder ab drei Jahren

Personen

Einleitung
Erzählerin
Mädchen

I – Die glückliche Zeit
Junge
Grossmutter – Grossmutter als Kind
Vater
General
Volksmenge
Zwei Mäuse
Katze

II – Das wilde Tier
Junge – Wildes Tier
Eule
Alte Frau
Riese
Hermelin mit fünf Jungen
Zwei Waldwichtel
Förster

III – Das stumme Mädchen
Stummes Mädchen
Junge – Wildes Tier
Förster
Alte Frau

Vorbemerkung

Med Reventberg hat »Das kleine wilde Tier« für die Göteborger Gruppe »Nationalteatern« 1980 geschrieben. Deren ganz intime und unaufwendige Aufführung kommt mit drei Akteuren aus, fast mit zwei.
Die einzige konstante Rolle ist bei den Göteborgern die des Jungen, nach der Verzauberung die des wilden Tieres, während die Autorin selbst die Rollen der Erzählerin und des Mädchens sowie die meisten Episodenrollen übernommen hat, soweit sie nicht durch Puppen dargestellt werden.
Das Stück beginnt nicht nur mit der direkten Hinwendung der Erzählerin zu den Kindern; es geht gegen Ende, wo es am »dramatischsten« wird, immer weiter ins Erzählmärchen zurück.
Es wird von Konzeption und Besetzung kommender Inszenierungen abhängen, in welchem Umfang und in welcher Weise dieser von Med Reventberg vorgegebene Weg zurück ins Erzählen, in die Ansprache durch eine sozusagen außertheatralische Bezugsperson, nachvollzogen wird.
Das bedeutet für die Benutzung dieser Vorlage, daß über die eindeutig mit »Erzähler(in)« gekennzeichneten Texte hinaus auch die kursiv gesetzten Texte nicht nur Regieanweisungen sein müssen, sondern – im Verlauf des Stückes immer häufiger, spätestens von der dritten und vierten Szene des zweiten Aktes an – auch Erzählpassagen sein können oder sind.

Dirk H. Fröse

Einleitung

MÄDCHEN *draußen vor dem Zelt oder Spielraum* Legt die Hand auf euer Herz und hört, wie es schlägt! Pssst! Seid ganz still, dann hört ihrs! Im Herzen gibt es viele Räume, und da ist auch Platz für ein kleines Theater. In das kleinste Theater kommen die kleinen Kinder, um das Spiel vom wilden Tier zu sehen.
Kommt mit ins Theater, und setzt euch!
Aber erschreckt nicht das kleine wilde Tier!

Das Mädchen nimmt die Kinder mit hinein und achtet darauf, daß sie alle Platz finden. Wenn sie etwas sagen muß, flüstert sie. Es ist wichtig, im ganzen Zelt oder Spielraum eine ruhige und friedliche Stimmung zu schaffen.
Das wilde Tier liegt unbeweglich und gut sichtbar mitten auf der Spielfläche.

Die glückliche Zeit

1. Szene

Das wilde Tier nimmt behutsam seine Maske und seinen Pelz ab. Wenn es dann als Junge vor den Kindern sitzt, fängt es an zu erzählen.

JUNGE Als ich klein war, hatte ich eine Großmutter. Sie war eine richtige Märchengroßmutter. Sie hatte graues Haar und eine Brille, ein Tuch um die Schultern, wenn es kalt wurde. Sie saß in ihrem Schaukelstuhl und strickte und erzählte Märchen.

Wir wohnten in einer Hütte tief drin im Wald. Es war zu der Zeit, als die Tiere noch sprechen und alle Bäume und Blumen sehen und denken konnten, genau wie wir. Großmutter und ich unterhielten uns oft über dies und das.
Großmutter, bist du alt?

GROSSMUTTER Schon hundert Jahre.

Während der ersten langen Replik des Jungen wird das Szenenbild deutlich, und man sieht Großmutter, Schaukelstuhl, Hütte, Wald, ganz so wie er es erzählt.

2. Szene

GROSSMUTTER *zieht sich um, als kleines Mädchen* Als ich klein war, hatte ich ein schönes Kleid, und ich hatte einen Vati, der hieß Richard Rüstig. Der war so klug und stark und mutig. Eines Tages stand der General mitten auf dem Marktplatz und schrie:

GENERAL
Der Krieg ist da! Der Krieg ist da!
Wir müssen die Feinde töten!
Eins und zwei und eins und zwei!
Auf in den Krieg, wir sind dabei!

GROSSMUTTER Und alle Leute starrten ihn an und schrien:

VOLK Ja! Jaa!
Auf in den Krieg, wir sind dabei!
Eins und zwei!

GROSSMUTTER Aber der Vati weigerte sich und sagte:

VATER Nein, niemals, niemals werde ich den Mörderrock anziehen!

GENERAL

Was? Nein? Wer wagt so zu reden?
Eins und zwei und eins und zwei!
Auf in den Krieg, wir sind dabei!

VOLK

Eins und zwei und eins und zwei!
Auf in den Krieg, wir sind dabei!

VATER Nein, niemals, niemals werde ich den Mörderrock anziehen!

GENERAL Wer nicht in den Krieg ziehen will, kommt ins Gefängnis!

GROSSMUTTER Der Vati wollte nicht andere Menschen töten. Und sie sperrten ihn ins Gefängnis. Es war so dunkel und scheußlich im Gefängnis. Armer Vati, er weinte und weinte. Von seinen Tränen wurde die Erde naß, und Blumen begannen daraus zu wachsen. Und die Blumen wuchsen und wuchsen da drinnen im Gefängnis, und zum Schluß wurde das Dach wie von einer unsichtbaren Hand hochgehoben, und die Wände stürzten ein.

Die Blumen, die aus Vaters Tränen wuchsen, waren so stark und schön, daß keine Mauern sie aufhalten konnten.

Und der Vati bekam Flügel und konnte fliegen – fort von Krieg und Gefängnis.

Und du kannst dir ja denken, wie der General und alle Soldaten sich wunderten, als sie den Vati heranfliegen sahen.

GENERAL Halt da oben! Es ist verboten, so herumzufliegen!

VOLK Wir wollen auch Flügel haben! Wir wollen auch fliegen!

GROSSMUTTER Aber der Vati lachte nur und flog davon. Weit weg in ein anderes Land, wo es keine Generale gibt, die Krieg wollen. *Sie wird wieder alt.* Ja, das war vielleicht schön, wie der Vati davonflog! Denn es gibt nichts Schöneres zu sehen, als wenn einer, der eingesperrt war, in die Freiheit fliegt.

3. Szene

JUNGE Aber Großmutter, du bist ja so alt, wirst du nicht bald sterben?
GROSSMUTTER Ja, das werde ich wohl.
JUNGE Was ist, wenn du tot bist?
GROSSMUTTER Dann ist der Schaukelstuhl leer, sonst ist es so wie jetzt.
JUNGE Ist es schlimm zu sterben?
GROSSMUTTER Sterben, das ist so, wie es war, bevor man geboren wurde.
JUNGE Aber ich kann mich ja gar nicht daran erinnern, wie es war, bevor ich geboren wurde!
GROSSMUTTER Nein, eben, genau das.
JUNGE Müssen alle sterben?
GROSSMUTTER Ja, du auch. – Siehst du, ich bin so furchtbar alt. Ich habe alles gesehen, was ich sehen will, und ich habe gehört, was man redet. Das Leben hat so viele Bilder, und es geht im Kreis, und es kommt zurück. Bald werde ich wohl sterben.
JUNGE Aber ich! Was wird aus mir, wenn ich ganz alleine bin?
GROSSMUTTER Das Leben ist dauernd um dich herum.
JUNGE Aber ich werde traurig sein, wenn du mir wegstirbst!

GROSSMUTTER Es ist gar nicht so dumm, manchmal traurig zu sein.

JUNGE Doch, doch, ist es wohl! Dumm, dumm, dumm!

Nach diesem Ausbruch legt der Junge seinen Kopf in Großmutters Schoß, und sie singt ihm ein sanftes Wiegenlied, bis er einschläft.

GROSSMUTTER

Alle Vöglein schlafen schon,
den Kopf unterm Gefieder.
Im Schilf die kleinen Fischlein ruhn.
Der Mond, der scheint darüber.

Rehe und Füchse liegen nicht weit
im Wald unter grünen Bäumen.
Schlaf ein, mein Junge, vergiß alles Leid.
Noch ist Sommer in deinen Träumen.

4. Szene

Der Junge schläft. Die Großmutter horcht in den Raum hinein. Zum erstenmal ist es ganz still geworden, und die Zeit hält an.
Die Großmutter weiß, es ist so weit.
Behutsam legt sie den Jungen hin, dann geht sie langsam zum Ausgang.
Der Junge erwacht und bemerkt, daß der Schaukelstuhl leer ist, dann sieht er seine Großmutter am Tor zur unendlich blauen Ewigkeit.

JUNGE Großmutter! Stirbst du jetzt?

GROSSMUTTER *bleibt stehen* Ja, jetzt muß ich dich verlassen.
JUNGE Aber Großmutter, wie soll ich denn ganz alleine zurechtkommen?
GROSSMUTTER Du bist ein tüchtiger Junge, du kommst schon zurecht.

Die Großmutter geht. Die Musik, die während des Gesprächs zwischen den beiden allmählich hörbar geworden ist, klingt unendlich traurig und schön.

JUNGE Großmutter, geh nicht! Geh nicht weg von mir! Großmutter! Komm zurück!

5. Szene

Der Junge ist sehr traurig. Er weint, aber schließlich schläft er im Schaukelstuhl ein. Leise hört man die Musik. Nach einer Weile erwacht er. Er sitzt da und denkt nach.

JUNGE Nee, jetzt hab ich drei Tage und Nächte gesessen und geweint. Aber ich kann ja nicht mein ganzes Leben lang herumsitzen und weinen. Ich muß in die Welt ziehen und mein Glück suchen.

Die Musik wechselt, »Wanderthema«. Der Junge packt einen warmen Pullover, Brot und Käse in ein Bündel zusammen. Zwei Mäuse tauchen auf.

MAUS 1 Pst, kommt, sieh nur, er hat aufgehört zu weinen.
MAUS 2 Aber was macht er denn?

MAUS 1 Oh, guck mal, Käse!
MAUS 2 Können wir nicht ein bißchen von dem Käse probieren?

Freundlich wie er ist, füttert der Junge die Mäuse. Eine häßliche und struppige Katze kommt herein und untersucht das Bündel.

KATZE Miauuu, wo willst du hin?
JUNGE *füttert immer noch die Mäuse* Ja, du alte Katze, jetzt ziehe ich in die Welt und suche mein Glück.
KATZE Miauuu, wozu denn fortgehen?

Im tiefen Wald zwischen Dickicht und Stein
zerkratzt du die Haut und brichst dir das Bein.
Und kalt ist es nachts da draußen!
Die Katze meint: Bleib doch zu Hause!

JUNGE Gib Ruhe, alte Katze! Ich habe ja meine Schuhe an und einen warmen Pullover im Bündel. *Er packt alles ordentlich zusammen.*
MÄUSE Packt er etwa den Käse ein? Noch ein bißchen! Noch ein bißchen! Gib uns noch ein bißchen Käse!
JUNGE Aber ich muß doch auch was zu essen haben auf meiner langen Wanderung durch das Leben!
KATZE

Miauuu, Jammer und Elend!
Wie soll das nur enden?
Die Welt sieht furchtbar riesig aus,
Da bleibst du besser gleich zu Haus,
meint die Katze.

JUNGE Liebe Freunde, jetzt mache ich mich auf. *Zur Katze.* Du siehst nach dem Haus, während ich weg bin. *Zu den Mäusen.* Und ihr zwei, seid nett zur

Katze. *Geht, bleibt noch einmal stehen.* Und tanzt nicht auf dem Tisch, die Katze ist nämlich zu Hause!

MÄUSE Jaja, tschüs dann, alles klar. Tschüs!

KATZE Jammer und Elend! Ja, tschüs dann . . .

Das wilde Tier

1. Szene

JUNGE Und ich ging und ging. Bergauf und bergab. Durch tiefe Wälder und über weite Ebenen. Der Sommer ging zu Ende, und es wurde Herbst. So manches Mal mußte ich mich hinsetzen und eine Weile ausruhen. Man kann ziemlich müde werden auf seiner langen Wanderung durchs Leben. Ja, ich habe auch noch manchmal eine Träne geweint, wenn ich an die Großmutter dachte. Aber die Sonne wärmte so schön, und die Vögel zwitscherten, so vergaß ich schnell meine Sorgen und konnte weiterwandern. Eines Tages, als ich oben auf einem Hügel stand, ging mein Blick über einen großen Wald, der gar kein Ende zu nehmen schien.

EULE *kommt geflogen* Huhu, kleiner Mann, jetzt ist deine Wanderung zu Ende! *Sie setzt sich.* Kehr um, geh wieder nach Hause, wo du hingehörst . . . Der Wald ist so dunkel und gefährlich. Zauberer wohnen dort, huhu . . . Und der Riese! Gib auf! Kehr um! Geh heim!

JUNGE Ich habe keine Angst. Ich will durch den Wald gehen.

EULE Dann bist du selber schuld, huhuhuuuu! *Die Eule fliegt mit schwerem Flügelschlag davon.*

2. Szene

JUNGE Aber ich ging in den Wald, und es war wirklich ein verzauberter Wald. Die Bäume standen so hoch, daß sie fast bis an den Himmel reichten, und sie flüsterten einander Geheimnisse zu, und die Sonnenstrahlen drangen kaum bis zum Boden durch, der von hundertjährigem Moos bedeckt war.

Aus der Waldestiefe hört man einen Gesang. Es ist eine unendlich alte Frau, die näherkommt. Sie singt vor sich hin.

ALTE FRAU

Eia hier und eia dort,
eia weit draußen im Wald,
als Mädchen ging ich von Ort zu Ort
die Kühe zu hüten im Wald.

Die Kühe nahm der Riese mir,
eia weit draußen im Wald.
Ich schlüg ihn tot, das schwör ich dir,
hätt ich nur die Gewalt.

Sie sieht den Jungen. Nun, mein kleiner Herr, bist wohl ausgegangen . . . Was bist du denn für einer?

JUNGE Ich bin ein armer Junge. Ich habe weder Mutter noch Vater, und meine Großmutter ist gerade gestorben.

ALTE FRAU Wohin geht dein Weg?

JUNGE Hinaus in die weite Welt, um mein Glück zu suchen.

ALTE FRAU Was hast du in dem Bündel?

JUNGE Einen warmen Pullover, das bißchen Brot und Käse, das noch übrig ist.

ALTE FRAU Oh, Brot und Käse, das habe ich schon lange nicht mehr zu essen bekommen. Ich bin so arm, so arm! Guter Herr, gib mir ein bißchen Brot und Käse!

JUNGE Ich habe so wenig übrig, da kannst du gleich alles haben.

ALTE FRAU Oh, Gott segne dich, Kind! Hab Dank, daß du so gut bist zu einer armen alten Frau! Aber höre nur! Nimm dich in acht vor dem Riesen, er wohnt mitten im Wald! Geh nicht in sein Haus!

JUNGE Nein, das will ich gewiß nicht tun.

ALTE FRAU *geht singend ihres Weges*

Die Kühe nahm der Riese mir,
eia weit draußen im Wald.
Ich schlüg ihn tot, das schwör ich dir,
hätt ich nur die Gewalt.

JUNGE Als die alte Frau verschwunden war, fuhr ein eisiger Wind durch den Wald. *Der Junge zieht seinen Pullover an, während die Herbstblätter fallen.*

3. Szene

Der Junge sieht in einem Lichtschein Elfen tanzen und folgt ihnen. Es wird dunkler und dunkler, und seltsame Geister bewegen sich im Schatten. Lange, lange folgt er den Elfen immer tiefer in den Wald hinein. Aber plötzlich verschwinden sie, und es ist sehr dunkel geworden.

Der Junge schüttelt sein Bündel aus und findet vielleicht noch ein paar Brotkrumen. Hungrig und frierend kauert er sich nieder um zu schlafen.

Da sieht er Licht aus einer Türspalte!

Er öffnet die Tür und tritt vorsichtig ein.

4. Szene

Drinnen ist es blendend hell, er sieht Gegenstände aus Silber und Gold.
In einem großen Topf findet er Essen, und er setzt sich und ißt, soviel er kann. Dann fällt sein Blick auf das große Bett, in einem richtigen Bett hat er schon lange nicht mehr gelegen! So zieht er seine Schuhe aus und stellt sie an der Wand nieder. Dann kriecht er ins Bett und schläft sogleich ein.

5. Szene

Man hört stampfende Schritte von draußen, und ein drohender Schatten zeichnet sich an der Wand ab. Es ist der fürchterliche Riese, der heimkommt, denn er und kein anderer wohnt in dem Haus, wo der Junge im Schlaf liegt. Der Riese ist so groß und dick, daß er seitlich gehen muß, um durch die Tür hindurch zu kommen.

RIESE Hoijoijoi! Hier riecht es nach Mensch! *Da fällt sein Blick auf die Schuhe des Jungen. Er hebt sie hoch und betrachtet sie genau.* Wer wagt es, mein Haus zu betreten? *Er entdeckt, daß das Essen aufgegessen ist.* Wer wagt es, mein Essen aufzuessen? *Dann erblickt er den Jungen, der in seinem Bett schläft. Er schreit so laut, daß das Haus erzittert und der Junge aufwacht.* Hoijoijoi! Wie wagst du es, in meinem Bett zu schlafen?

JUNGE Entschuldige, aber ich war so müde und hungrig, und es war so fürchterlich kalt draußen im Wald.

RIESE Soso, es war kalt im Wald, sagst du. Na, dann sollst du auch ein Fell bekommen, damit du nicht mehr frieren mußt! Er hat mein Haus betreten, von meinem Essen gegessen und sich in mein Bett gelegt, ohne um Erlaubnis zu fragen. Er hat sich aufgeführt wie ein wildes Tier, und in ein wildes Tier will ich ihn verwandeln. *Die letzten Sätze zum Publikum.*

Mit geheimnisvollen und furchterregenden Lauten und Bewegungen verwandelt der Riese den armen Jungen in ein wolfsähnliches wildes Tier mit Fell am ganzen Körper, großen Tatzen und einem herunterbaumelnden Schwanz. Das Tier kann nicht sprechen, nur heulen, winseln und kläffen, aber seine Augen glühen vor Entsetzen.

RIESE *spricht den Zauberspruch, mit dem er den Jungen verwandelt.*

SATOR AREPO TENET OPERA ROTAS
Hinaus aus Fleisch und Bein,
aus Fleisch in Fell,
ein wildes Tier in rauhem Fell
sollst fortan du sein.
SATOR AREPO TENET OPERA ROTAS

RIESE *ist mit seinem Werk zufrieden* Hahahahaha, wie du aussiehst! Dich wollte ich nicht einmal als Fußabtreter haben! Hinaus mit dir, damit ich dich nicht mehr sehen muß! *Er wirft das wilde Tier hinaus und wirft ihm die Schuhe nach.* Hier, nimm deine Schuhe mit! Du kannst ja mal versuchen, sie jetzt anzuziehen! Hahahahahaha! *Dann schlug der Riese seine Tür wieder zu.*

6. Szene

Der Junge, der jetzt also ein wildes Tier ist, saß wieder draußen im unheimlichen dunklen Wald. Im blassen Morgenlicht erblickte er ein unglaublich schönes, aber eingebildetes Hermelin, das auf einem Stein saß und sein weißes Fell bürstete.

HERMELIN

Ich bin ein Hermelin
und bin so wunderschön,
wie dieser alte Wald
so weiß und schön noch nie gesehn.

HERMELIN *erblickt das wilde Tier* Pfui doch! Was ist denn das für ein Scheusal? Mein Gott, ich dachte nicht, daß es so häßliche Tiere gibt.

Das wilde Tier nähert sich vorsichtig. Es möchte gerne Bekanntschaft schließen und den Spiegel des Hermelins ausleihen.

HERMELIN Nein! Komm nicht näher! Pfui! Kommt Kinder, kommt zur Mutti! Nehmt euch vor diesem wilden Tier in acht, mit dem dürft ihr nicht spielen! *Es holt seine Kinder zusammen, dann faucht es das wilde Tier an.* Geh weg hier! Hier hast du nichts zu suchen! Verschwinde! Pfui, wie du aussiehst! Kommt, Kinderchen, wir gehen nach Hause.

Das Hermelin nimmt seine Kinder und eilt davon, aber es hat seinen Spiegel vergessen. Das wilde Tier hebt ihn auf. Lange, lange betrachtet es sich darin, und es wird immer unglücklicher. Niemals hätte es geglaubt, daß es so gräßlich aussieht. Das Hermelin kommt zurück und reißt den Spiegel an sich.

HERMELIN Ach so, meinen Spiegel willst du stehlen! Aber dir werde ichs geben!

Es sprang auf das wilde Tier und biß es mit seinen scharfen Zähnen in den Nacken. Das wilde Tier war so überrumpelt, daß es sich nicht wehrte. Das Hermelin huschte so schnell davon, wie es gekommen war.

7. Szene

Nun war wirklich der Winter gekommen, weiße Schneeflocken rieselten auf das arme kleine wilde Tier hernieder. Es fror ganz fürchterlich. Es versuchte, seine Schuhe anzuziehen, aber die waren ja viel zu klein. Erbärmlich winselnd kauerte es sich zusammen und suchte Schutz unter einem Baum. Da hörte man aus der Tiefe des Waldes einen Gesang. Es war die alte Frau, die ihres Weges kam.

ALTE FRAU

Eia hier und eia dort,
eia weit draußen im Wald,
als Mädchen ging ich von Ort zu Ort,
die Kühe hüten . . .

ALTE FRAU *stößt mit ihrem Stock an das wilde Tier und bleibt stehen* Aber was ist denn das hier? *Vorsichtig streckt sie die Hand aus und berührt das wilde Tier. Es hat Angst. Will die alte Frau es schlagen? Soll es sie vielleicht in die Hand beißen, um sich zu verteidigen?* Komisch. Ich dachte schon, das ist der kleine Junge, der so gut war und mir Brot und Käse gab vor langer Zeit. Aber das hier ... *Sie fühlt noch einmal.* Das hier ist ja ein kleines wildes Tier. Komisch ... Na ja, ich sehe so schlecht ... *Die alte Frau geht ein Stück, das wilde Tier kriecht ihr winselnd hinterher.*

Die gute Fee taucht auf und beobachtet das Ganze.

ALTE FRAU Komisch. Ich höre, daß du im Herzen ein Kind bist, und das ist sehr schön. Aber von außen bist du ja so häßlich ... Komisch ... *Sie geht wieder, singt.*

Die Kühe nahm der Riese mir,
eia weit draußen .... Der Riese!

Sie wendet sich zum wilden Tier um und legt ihm die Hand auf den Kopf.

ALTE FRAU Hör mal, wildes Tier, bist du einmal der kleine Junge gewesen, der mir Brot und Käse gegeben hat? *Das wilde Tier nickt.* Hast du das Haus des Riesen betreten? *Das wilde Tier nickt.* Hat er dich in ein wildes Tier verwandelt? *Das wilde Tier nickt und weint bei der Erinnerung an das Schreckliche.* Oj, ojoj, ojoj, ojoj! Was für ein Unglück ... Aber jetzt höre gut zu, was ich dir zu sagen habe: Wenn du jemanden findest, der dich liebgewinnt, obwohl du aussiehst wie ein wildes Tier, dann wirst du in einen Menschen zurückverwandelt. Siehst du, der Riese will, daß alle dich hassen, aber wenn du jemanden findest, der dich liebt, dann überlistest du ihn, und der Zauber ist gebrochen.

Such einen Freund – dann wirst du wieder ein Mensch! *Singt.*

Eia hier und eia dort,
eia weit draußen im Wald. *Usw.*

Die alte Frau verschwindet wieder im Wald. Und mit ihr verschwand die schützende Fee. Nun pfiff der Wind in den Bäumen, und der Schnee wirbelte durch den Wald. Es war so scheußlich und kalt, als das kleine wilde Tier seine lange und mühevolle Suche nach der Liebe begann.

8. Szene

Zwei Waldwichtel, Fritz und Ortrud, tauchen auf und beobachten das wilde Tier aus der Entfernung.

ORTRUD Ist der häßlich! Was ist das für einer?

FRITZ Ja, aber Ortrud, das ist doch das wilde Tier, von dem der ganze Wald redet. Er ist auf der Suche nach Liebe.

ORTRUD Liebe! Den mag doch bestimmt niemand, so häßlich wie der ist! Naja, macht auch nichts. Hauptsache, er heiratet nicht in unsere Familie ein . . . Aber Fritz, was macht er denn jetzt?

FRITZ Ja, aber Ortrud, das siehst du doch. Er ißt Blaubeeren.

ORTRUD B l a u b e e r e n ! Die brauchen wir doch für die Marmelade! Du, von den Blaubeeren darfst du nicht essen, die brauchen wir für Marmelade!

FRITZ Hm, ja, wildes Tier, es tut mir leid, aber meine Frau, die Ortrud, die will aus den Blaubeeren Marmelade machen.

ORTRUD Fritz, was macht er denn jetzt?

Das arme wilde Tier hat sich aufgerichtet und nagt an einem Baum.

FRITZ Ojojoj, muß der aber hungrig sein. Der frißt die Rinde von den Bäumen.

ORTRUD Naja, die Rinde kann er fressen . . . Du, die Rinde kannst du fressen, die will doch keiner sonst haben . . . Komm jetzt, Fritz, gehen wir! *Sie verschwinden im Wald und palavern dabei über Rinde und Blaubeeren und wilde Tiere und dergleichen.*

9. Szene

Ein grimmiger Förster mit Jägerhut und Gewehr in der Hand taucht auf.
Jetzt ist der Frühling gekommen, der Schnee beginnt zu schmelzen. Das arme wilde Tier muß sich von Baumrinde ernähren.

FÖRSTER *erblickt das wilde Tier* Ach so, du Biest! Du bist das, der meine Bäume zerstört! *Er geht zu dem Baum.* Da bist du! *Zum Publikum.* Jetzt kriegt er aber einen ab! Ei ei, Schinderei, ein Förster zu sein und den Wald zu hüten. *Zum wilden Tier, das verschwunden ist.* Was? Wo ist er? Verdammt! *Beginnt zu suchen, erspäht das wilde Tier, sagt zum Publikum.* Da ist er! *Das wilde Tier verschwindet wieder. Der Förster sucht umher.* Glaub bloß nicht, daß du mir davonkommst! *Erblickt das wilde Tier, das sich hinter einem Hügel versteckt hat.* Da ist er! *Beginnt, das wilde Tier zu jagen.* Hier in meinem Wald sollen keine solchen wilden Tiere frei herumlaufen! *Jagt das wilde Tier zweimal rund um den Hügel und dann hinaus.* Dich werde ich schon noch kriegen!!

Das stumme Mädchen

1. Szene

ERZÄHLERIN Aber hier hört der verwunschene Wald auf. Und gleich am Waldrand stand eine Hütte. Darin wohnte der böse Förster. Bei ihm diente ein kleines Mädchen. Es mußte hart arbeiten, Holz und Wasser tragen, den Boden scheuern und Essen kochen und die großen Stiefel des Försters putzen. Das kleine Mädchen war stumm. Sie konnte nicht sprechen. Eines Tages, als es schon fast Frühling war, wollte das Mädchen gerade einen Eimer mit Wasser ins Haus tragen, da hörte sie, wie es in einer Ecke im Garten raschelte und schnaufte. Das Mädchen stellte den Eimer hin und ging, um nachzusehen, was das sein könnte.
Es war das kleine wilde Tier. Es schien, als suchte es Schutz, und es schnaufte nach der wilden Jagd. Voller Angst und Verwunderung sahen das Mädchen und das wilde Tier sich an. Die Welt stand still.

2. Szene

Plötzlich hört man die wütende Stimme des Försters.

FÖRSTER Wo ist er hin? Verdammt! Nächstes Mal

entkommt er mir nicht! Nächstes Mal knalle ich das Vieh ab! *Der Förster kommt, und das wilde Tier kann nicht mehr fliehen! Es sieht sich verzweifelt um, aber das Mädchen stellt sich vor das wilde Tier und verbirgt es, so daß der Förster, der eben auftaucht, es nicht sehen kann.* Hör mal, du Unglücksrabe, hast du das Vieh gesehen? *Das Mädchen schüttelt den Kopf.* Verdammt! Na ja, komm rein und zieh mir die Stiefel aus! *Gehorsam folgt ihm das Mädchen hinein. Von der Schwelle aus wirft sie noch einen Blick auf das wilde Tier, das immer noch da sitzt.*

3. Szene

ERZÄHLERIN Es wird Abend. Obwohl das wilde Tier weiß, wie gefährlich es ist, bei der Hütte zu bleiben, kann es sich nicht entschließen wegzugehen. Es muß das kleine Mädchen wiedertreffen. Sie war die einzige, die ihn nicht mit Tritten und Schlägen davongejagt hat.

Als die Nacht hereinbrach, kroch das wilde Tier zum Haus hinüber. Und wie es an das Mädchen dachte, mußte es vor Sehnsucht heulen. Das Herz tat ihm weh vor Sehnsucht nach menschlicher Liebe und Wärme.

Und das Mädchen hörte es und kam heraus. Sie gab ihm ein wenig Brot und Käse, und das wilde Tier aß. Während es aß, streichelte sie es, und sie spürte, daß sie endlich einen richtigen Freund gefunden hatte. Sie spürte, daß es etwas Trauriges und Geheimnisvolles mit ihm auf sich hatte, daß es nicht das garstige wilde Tier war, das es zu sein schien.

4. Szene

ERZÄHLERIN Aber plötzlich wird das Fenster aufgerissen, und da steht der Förster mit seinem Gewehr. Er zielt auf das wilde Tier, das vor Schreck wie versteinert im Mondlicht sitzt. Das Mädchen springt zur Seite, so daß der Förster es nicht sieht.

FÖRSTER Haha, jetzt hab ich dich im Visier, verdammtes Vieh, du! Diesmal entkommst du mir nicht!

ERZÄHLERIN Und er zielt genau, oh, schreckliche Sekunden! Und er schießt auf das wilde Tier. Aber er sieht nicht, daß das kleine Mädchen sich dazwischen wirft, und der Schuß trifft sie, und sie sinkt tot zu Boden! Zufrieden legt er sich wieder hin, und er glaubt, daß es ihm endlich gelungen ist, das wilde Tier zu erledigen. Er schlägt sein Fenster wieder zu, und aus dem Haus hört man seine Stimme:

FÖRSTER Hab ich ihn doch erwischt! Endlich kann man in Ruhe schlafen.

ERZÄHLERIN Und das wilde Tier, das kaum weiß, ob es tot ist oder lebendig, hat seinen Kopf zwischen den Tatzen versteckt, so daß es auch nicht sieht, daß das kleine Mädchen tot vor dem Fenster der Hütte liegt.

5. Szene

ERZÄHLERIN Jetzt entdeckt das wilde Tier, daß ein Wunder geschehen ist. Es ist, als fiele sein Fell von ihm ab. Erst von den Händen, dann vom Kopf, von Brust und Rücken. Auf einmal steht es als Junge da!

JUNGE Ich bin wieder ein Mensch geworden! *Ruft er freudestrahlend aus.*

ERZÄHLERIN Aber wie er sich umwendet, um dem Mädchen seine Verwandlung zu zeigen, ist sie fort. An der Stelle, wo sie zu Boden gefallen ist, liegt eine Blume, und der Junge versteht, daß sie ihm zuliebe ihr Leben geopfert hat und daß ihre Liebe so stark war, daß er seine menschliche Gestalt wiederbekam. *Er fällt vor der Blume auf die Knie und sagt:*

JUNGE Sie war das Licht, das für mich im dunklen Wald leuchtete. Jetzt ist das Licht erloschen. Was für eine traurige Nacht, die eben noch so glücklich war! Wer wird mich trösten?

6. Szene

Aber aus dem dunklen Wald hört man einen Gesang, und die alte Frau taucht wieder aus dem Schatten auf.

ALTE FRAU Ich sehe, was hier geschehen ist.

Sagt sie. Der Junge sieht auf, und die Alte hält ihm ein Fläschchen mit einer leuchtenden Flüssigkeit hin.

ALTE FRAU Das ist das Lebenswasser. Sowie die Sonne aufgeht, läßt du einige Tropfen auf die Blume dort fallen, dann wirst du schon sehen. *Sagt sie und verschwindet wieder im Wald.*

Und der Junge setzt sich, hält das Lebenswasser mit beiden Händen umschlossen und wartet auf den Sonnenaufgang.

Das glückliche Ende

ERZÄHLERIN Und als die Sonne aufging, ließ der Junge einige Tropfen vom Lebenswasser auf die Blume fallen, und dann setzte er sich, um zu warten, was nun geschehen würde.
Auf einmal legte jemand seine Hand auf seine Schulter, das war das Mädchen, das da lebendig und gesund saß und ihn so freundlich ansah!
Freudestrahlend stand der Junge auf. Und der Junge und das Mädchen hielten einander an den Händen. Sie sahen einander in die Augen.

JUNGE Ich muß meine Wanderung fortsetzen. Willst du mit mir kommen?

MÄDCHEN Ja, das will ich. *Sagte das Mädchen, das jetzt sprechen konnte.*

ERZÄHLERIN Und sie wandte sich zu den Kindern, die die ganze Zeit dabei gewesen waren: ihr könnt auch mitkommen. Aber wir müssen ganz leise machen und uns beeilen, damit der Förster nicht aufwacht.
Kommt, dann gehn wir!

Anhang

Schwedisches Kindertheater

mit einigen deutschen Anmerkungen
von Dirk H. Fröse

Vom schwedischen Kindertheater heißt es oft, es sei das beste der Welt. Dieses Kindertheater hat aber viele Gesichter und ist so wenig als eine einheitliche Erscheinung zu beschreiben wie dasjenige der Bundesrepublik. Andererseits ist dieser Band sehr wohl der Versuch, mit Stücken der siebziger und ersten achtziger Jahre wichtige, typische Entwicklungen des schwedischen Kindertheaters zu belegen. Die Auswahl könnte auch anders aussehen, sie soll hier deshalb begründet werden, und das geschieht am einfachsten, indem wir die Stücke in den Kontext einordnen, aus dem sie hervorgegangen sind.
Die landläufige Kenntnis schwedischen Kindertheaters reduziert sich hierzulande weitgehend auf Astrid Lindgrens Stücke, die bis heute unverwüstliche *Pippi Langstrumpf* voran. Außerdem hatte in den früheren siebziger Jahren ein Stück mit dem Titel *Die Ostindienfahrer* einigen Erfolg, bei dem – für deutsche Ohren da noch eher merkwürdig – die Kindertheatergruppe am Stadttheater Göteborg als Autor firmierte. Beide Positionen und ihre Aufnahme bei uns verweisen darauf, daß in beiden Ländern die Ausgangssituation in Sachen Kindertheater und die daraus erwachsenen Bedürfnisse nach Veränderung ähnlich waren.
In beiden Ländern gibt es eine Vorgeschichte im 18. und 19. Jahrhundert, in der moralisierende Erziehungsdramen ihre Rolle spielen, gleichermaßen rührendes und lukratives Theaterspiel von Kindertruppen und schließlich das Weihnachtsmärchen, von dem wir

heute wissen, daß es die zäheste aller dieser Erscheinungsformen war und ist.

Astrid Lindgrens Protagonisten Pippi, Karlsson oder Kalle Blomquist markieren die Hinwendung auf der Bühne von der Gesellschaft der Prinzessinnen, Hirtenjungen und mondfliegenden Maikäfer zu frechen Alltagskindern. *Die Ostindienfahrer* wiederum stehen für ein Theater, das die Maschinerie und den oft beachtlichen Aufwand des Weihnachtsmärchens neuen, das heißt gesellschaftskritischen Inhalten dienstbar macht, einer Geschichte von Arm und Reich, Mächtig und Schwach aus dem Zeitalter der großen Handelsseefahrt.

Zwei weitere Vorlagen mit – gegenüber dem herkömmlichen Kinder-Beeindruckungstheater – radikal neuer Thematik und neuer, offener Form wurden bei uns von namhaften Freien Gruppen aufgegriffen und umgeformt, so daß die schwedische Herkunft kaum ins Bewußtsein trat: ein Aufklärungsstück für Kinder von Mårten Harrie wurde zum erfolg- und konfliktreichen *Darüber spricht man nicht* der »Roten Grütze«, und ein Schulstück von Ninne Olsson von »Musikteatergruppen Oktober« wurde bei der »Birne« zum Mitspielstück *Kopf in Sand.* Das war 1973 und 1976. Wie weit die beiden deutschen Stücke sich auch von ihren Vorlagen entfernen mögen: damals hat eigentlich zum ersten Mal ein wirksamer Transfer von Neuem und Wichtigem aus dem schwedischen Kindertheater in die Bundesrepublik stattgefunden, neu nach Inhalten, Dramaturgie und Spielweisen. Für erfolgreiche Direktimporte war es vielleicht wirklich noch zu früh. Während bei uns die drei Berliner Ensembles »Grips«, »Rote Grütze« und »Birne« weitgehend stellvertretend für den Rest der Nation Neuland vor den

weihnachtlichen Bollwerken eroberten, war auch in Schweden das Kindertheater in einer frischen und heftigen Entwicklung begriffen.
Dabei gab es sie auf dem Papier schon seit Jahren, diese Direktimporte. Im Zuge des wachsenden Interesses für die skandinavischen Länder, das wesentlich in allgemeinen (oft nur klischeehaft bekannten) gesellschaftlichen und politischen Entwicklungen begründet ist und zunächst nicht in künstlerischen Bereichen, war in Berlin Marianne Weno mit ihrem spezialisierten Skandinavia-Verlag auf den Plan getreten. Allein im Jahr 1970 wartete sie mit einem Angebot von nicht weniger als sechs schwedischen Kinderstücken auf. Die Resonanz, auch in den folgenden Jahren, blieb bescheiden, die Titel sind sämtlich vergessen.
Es gab auch etwa zur gleichen Zeit in beiden Ländern die große Grundsatzdiskussion. In der Bundesrepublik erschienen 1969 in der Sommerferiennummer von »Theater heute« Melchior Schedlers *Sieben Thesen zum Theater für sehr junge Zuschauer.* 1970 erschien in Schweden Gunilla Ambjörnssons Buch *Kindertheater – eine Klassenfrage* (Klasse im soziologischen wie im schulischen Sinn). Auch die Debatte um Wert oder Unwert der alten Märchen gab es in beiden Ländern, wenn auch in Schweden weniger verbiestert als in der Bundesrepublik, wo es der noch rollenden Bekehrungswelle im Kielwasser des Amerikaners Bruno Bettelheim bedurfte, um die nötige Differenzierung in die Behandlung solcher existentiell und historisch wesentlichen Vorlagen zu bringen.
Der dann unterschiedliche Gang der Entwicklung auf beiden Seiten erklärt sich zum Teil schon aus der Verschiedenheit des Umfeldes und dem Vorhandensein oder Fehlen einschlägiger Voraussetzungen.

In der Bundesrepublik gab es ein – mit Ausnahme der DDR – konkurrenzlos dichtes Netz von kommunal oder staatlich institutionalisierten Theatern und damit auch eine entsprechend institutionalisierte Sicht auf das ihnen bekannte Kindertheater: eben das Weihnachtsmärchen. Frühe Ausnahmen wie die Städtischen Bühnen in Nürnberg und Dortmund bestätigten nur die Regel. Typisch genug: In Nürnberg hat die Intendanz vor einigen Jahren den Produktionszweig Kinder- und Jugendtheater abgeschafft, in Dortmund wurde vom Stadtrat die »Einsparung« des seit vielen Jahren eigenständigen Kinder- und Jugendtheaters beschlossen.
1969 gab es ein einziges Theater, das die Forderungen nach einem neuen Kindertheater dauerhaft und mit künstlerischem Erfolg zu beglaubigen vermochte: das Berliner Reichskabarett und spätere Grips-Theater. Diese aufgezwungene Fahnenträger-Rolle wird ihr Teil zur inzwischen problematischen Fixierung dieses Theaters auf ein relativ enges Spektrum von Themen und künstlerischen Mitteln beigetragen haben. Die neuen Gedanken hatten ansonsten keine effektiven Verfechter, nicht am Theater selbst, nicht in der Publizistik und schon gar nicht in der Politik. Eine professionelle Szene Freier Gruppen war nicht in Sicht. Die dichte Infrastruktur der Institutionstheater schien für dergleichen – ein Denkfehler! – kaum Raum zu lassen. Als sich dann in Berlin die »Rote Grütze« formierte, noch heute die wichtigste Freie Gruppe in diesem Bereich, war sie nach Berufsherkunft und Ausbildung ein Laientheater.
Der Deutsche Bühnenverein, der Bundesverband deutscher Theater, legte zwar 1971 eine ambitionierte Studie zum Kinder- und Jugendtheater vor. Darin

stellte er hohe Ansprüche an Umfang und Qualität des Kinder- und Jugendtheaters, das seine Mitgliedsbühnen anbieten sollten. Aber nur vereinzelt richteten Theater ständige Kinder- und Jugendtheaterprogramme oder gar -ensembles ein. Als einen Gegenstand von Kulturpolitik ging man das Problem in Berlin an mit dem System »Theater der Schulen«, mit dem Schulvorstellungen der Theater zusätzlich subventioniert werden, und vor allem in Baden-Württemberg, wo mit staatlicher Förderung seit 1979 fünf Kinder- und Jugendtheater (Ensembles oder ständige Programme) an Landesbühnen und Stadttheatern etabliert wurden.
In Schweden gab es (in Stockholm) seit 1926 den Verein »Schultheater«, der den Schulen Vorstellungen aus dem laufenden Programm der Theater organisierte. Schon aus den vierziger Jahren datiert die Einrichtung »Vår teater« (Unser Theater) in Stockholm, die heute vierzehn eigene Theater und dazu noch 45 Filialen hat. Dort spielen tausende von Kindern und Jugendlichen unter fachlicher Anleitung Theaterstücke oder auch selbstentwickelte Programme.
Es gab und gibt in Relation zur Einwohnerzahl des Landes, rund acht Millionen, zwar mehr Institutionstheater (heute 23) als in der Bundesrepublik und West-Berlin (85) mit ihren 60 Millionen Menschen. Aber die acht Millionen Schweden verteilen sich auf ein Areal, das 200 000 Quadratkilometer größer ist als die Bundesrepublik. Klammert man nun noch die großen Ballungsgebiete um Stockholm, Göteborg und Malmö aus, so bleibt ein für deutsche Verhältnisse äußerst dünn besiedeltes Land mit – in nördlicher Richtung zunehmend – großen Distanzen zwischen den Ortschaften.

Eine solche Geographie verlangt nach mobilen Theatern. Fast die Hälfte der Institutionstheater ist denn auch – ähnlich den deutschen Landesbühnen – auf regionale Wirksamkeit hin konzipiert. Schon 1933 wurde das Riksteatern ins Leben gerufen, ein staatlicher Tournee-Organismus, mit riesigem Ensemble und fester Produktionsstätte in Solna bei Stockholm. Mit einer dichten Vertriebsinfrastruktur über ganz Schweden bringt es an die 4000 Vorstellungen im Jahr unter die Leute. Es hat auch die Aufgabe, in theatralisch schwach versorgten Gegenden regionale Ensembles aufzubauen, die dann nach entsprechender Vorlaufzeit in die Selbständigkeit entlassen werden.
Diese Geographie war auch eine wesentliche Voraussetzung für die Entwicklung der Freien Gruppen seit Ende der sechziger Jahre. Als die große Kindertheaterdiskussion in Gang kam, also etwa 1970, gab es in Schweden schon ein gutes Dutzend ganz überwiegend professioneller Freier Gruppen: Sie hießen zum Beispiel Narren, Fria Teatern, Fria Pro Teatern, Friteatern, Teater 9, Modellteatern, Fickteatern (Taschentheater), Nationalteatern, Byteatern (Dorftheater), Globteatern, Glädje och Sorg (Freud und Leid), Turteatern. Zwei davon gingen schon damals aus dem Königlichen Dramatischen Theater und dem Riksteatern hervor (Fria Pro und Fria Teatern). Fast alle sind noch heute tätig und renommiert. Immer mehr von ihnen legen sich inzwischen eigene Spielstätten in den großen Städten zu, teils mit kommunaler Unterstützung. Schon 1969 hatten sie sich eine effektive Organisation geschaffen, das Teatercentrum, das als kulturpolitische Interessenvertretung einiges bewirken konnte, gemeinsame Öffentlichkeitsarbeit betreibt und – mit Unterstützung der staatlichen Arbeitsvermittlung –

Gastspiele der Gruppen vermittelt. Der Katalog des Teatercentrum ist, was den Theaterteil angeht, das direkte Vorbild des bundesdeutschen ASSITEJ-Katalogs.
Unter solchen Voraussetzungen konnte der Kindertheaterstreit mit mehr praktischem Rückhalt geführt werden. Das Riksteatern hatte schon lange seine kulturpolitische Verantwortung sehr ernst genommen. Seit den sechziger Jahren pflegt ein knappes Drittel seiner (zeitweilig über) 4000 Vorstellungen aufs Kindertheater zu entfallen. Die über 60 Gruppen des Teatercentrum belegen ihrerseits den Satz vom Kindertheater als dem wirklichen Volkstheater: von ihren rund 6500 Vorstellungen im Jahr sind etwa 60 Prozent Kindertheatervorstellungen.
An dieser Entwicklung gingen auch die Politiker nicht mehr vorbei. Das Unterrichtsministerium richtete 1970 eine staatliche Beratungsstelle für Kindertheater ein; sie ist inzwischen organisatorisch dem Riksteatern angeschlossen, führt eine nationale Kindertheaterstatistik und hat zur Aufgabe, die Entwicklung des Kindertheaters in ganz Schweden anzuregen und zu fördern. Die Stockholmer Schulverwaltung stellte die bewährten Freien Gruppen Glädje och Sorg und Picknick/Lekteatern fest an, damit sie in kontinuierlicher Zusammenarbeit mit Schulklassen und für sie ihr Theater entwickeln konnten. Der Staatliche Kulturrat, über den die Verteilung der Subventionen läuft, schuf ein System zur Förderung der Freien Gruppen, das zwar bei weitem nicht alle Bedürfnisse deckte, aber ein wichtiger Schritt der politischen Anerkennung und für manche Gruppe die Überlebensgarantie war.
Als der schwedische Reichstag sich 1974 entschloß, gezielt etwas für kulturell benachteiligte Gruppen zu

tun, gab er unter anderem eine Untersuchung zur Kinderkultur in Auftrag. Die wartete 1978 – allen Fortschritten zum Trotz – mit einer recht kritischen Bilanz auf. Es wurde moniert, es gebe immer noch zu wenig Vorstellungen für Kinder; es werde zu wenig experimentiert; es mangele an guten Stücktexten. Andere Monita galten der Ausbildung und der ökonomischen Lage der Kindertheater.
Dabei muß der deutsche Leser bedenken, daß in Schweden die Anzahl der Kindertheatervorstellungen und auch ihrer Besucher in Relation zur Bevölkerung ungleich höher war und ist als in der Bundesrepublik. In allen anderen Punkten war die Entwicklung in vollem Gang, wenn auch mit von Fall zu Fall sehr unterschiedlichen Ergebnissen.
Noch unter dem Oberspielleiter Ingmar Bergman hatte sich das Königliche Dramatische Schauspiel in den sechziger Jahren eine Planstelle für die Entwicklung des Schultheaterbereichs zugelegt, sogar einen eigenen Etat für diesen Bereich. Hier war die Konsequenz gering, der Etat wurde mangels Ausnutzung wieder gestrichen. Das Stockholmer Stadttheater dagegen richtete 1975 für eine zweijährige Versuchszeit ein spezialisiertes Kinder- und Jugendtheater unter der Leitung von Suzanne Osten ein: das Unga Klara, nach seinem ersten Standort auf dem Boden des abgerissenen Presseviertels Klara geheißen. Damit begann die Entwicklung eines bis heute zentral wichtigen avantgardistischen Kinder- und Jugendtheaters, das gegen manche Widerstände und letztlich mit großem Erfolg auf hohem künstlerischen Niveau neue Schreib- und Spielweisen erprobt und neue und wichtige Stücke geliefert hat.
Hier bleibt festzuhalten, daß viele der für die Entwick-

lung wesentlichen Stücke an den Theatern selbst entstanden sind. Da das meistens bei Freien Gruppen oder aber für kleine mobile Produktionen der Regionaltheater oder auch des Riksteatern der Fall war und da weiterhin die Mehrzahl der Vorstellungen in Schulen gespielt wurde, ergab sich eine Reihe von Konsequenzen für die Form der Stücke und Aufführungen.

Die Stücke haben oft viele Rollen, sind aber kaum je für mehr als fünf Darsteller geschrieben. Daraus ergibt sich in sehr vielen Fällen eine Ästhetik des häufigen Rollenwechsels und damit, verstärkt durch die hautnahe Konfrontation mit dem Publikum, eine anti-illusionistische Ästhetik. In aller Regel sind die Stücke für eine sparsame, leicht auf- und abzubauende Einheits- oder Verwandlungsdekoration geschrieben; oft sehen sie nur Requisiten in einem ansonsten offenen Spielraum vor.

Solche Elemente verlagern das Gewicht der Vorstellung auf die Präsenz, Energie und Wandlungsfähigkeit der Schauspieler. Solche Schauspieler brauchen gegenüber dem oft schwer berechenbaren und im Zweifel unerbittlichen Kinderpublikum eine große Sicherheit und Freiheit im Umgang mit ihren Rollen; sie dürfen keine Vom-Blatt-Spieler sein. So rührt die Kürze der meisten schwedischen Kinderstücke (meist eine Stunde oder kürzer) nicht allein daher, daß die Aufführungen im Rahmen des schulischen Stundenplans kurz sein sollen und die Geduld eines Kinderpublikums leicht überfordert wird. Die Knappheit der Dialoge und Regieanweisungen hat auch damit zu tun, daß hier viel Freiraum für die schauspielerische und regieliche Arbeit verlangt und gegeben wird. Kann das schlichte Vom-Blatt-Spielen eines Grips-Stücks noch zu akzeptablen Ergebnissen führen, weil so ziemlich alles Wichtige drinsteht, kann es gerade bei den besten schwedischen Kinderstücken fast nur zu dürftigsten Ergebnissen führen, weil fast alles Wichtige herausgespielt werden muß. Unser Band enthält deutliche Beispiele dafür.

Schließlich ist für die Situation der neuen Kindertheater-Dramatik in Schweden von Belang, daß die Leistungen der Autoren unvergleichlich viel besser honoriert werden. Hatten sich der Deutsche Bühnenverein und der Verband Deutscher Bühnenverleger in ihrer Regelsammlung von 1976 noch darauf geeinigt, daß Kinder- und Jugendtheater ein Theater minderen Werts sei und deshalb die pro Besucher zu entrichtende Urheberabgabe gegenüber dem Erwachsenentheater bis zur Hälfte gemindert werden könne, so schlossen der schwedische Reichsverband der Theater und der Schwedische Dramatikerverband 1977 einen Tarifvertrag, nach dem ein Autor bei der Aufführung seines Stücks im Normalfall ein Mehrfaches bis Vielfaches gegenüber dem deutschen System verdient, die Uraufführungsprämien des Staatlichen Kulturrats nicht gerechnet. Eine Unterscheidung zwischen Erwachsenentheater und Kindertheater kennt der schwedische Vertrag nicht. Das deutsche System ist im Kern noch immer kommerziell gedacht, indem es sich an den niedrigen Einnahmen des Kindertheaters orientiert, das schwedische kulturpolitisch. In beiden Ländern werden jedoch die öffentlichen Theater, für die die Regelungen gelten, vergleichbar subventioniert.

Indem hier summarisch eine Reihe von politischen und strukturellen Voraussetzungen beschrieben worden ist, die zu der außerordentlich fruchtbaren Entwicklung des schwedischen Kindertheaters beigetragen haben, soll nicht der Eindruck erweckt werden, es genüge, eine bestimmte Anzahl solcher Voraussetzungen herzustellen, damit es anderswo genauso geht. Vielmehr ist es so, daß es einer bestimmten, ernsten und offenen Einstellung zu Fragen der gesellschaftlichen Gerechtigkeit, zum Platz der Kinder und zum Platz der Kunst in der Gesellschaft bedarf, damit überhaupt solche Voraussetzungen zustande kommen. Wenn sie dann da sind, braucht es bei denen, die unter diesen Voraussetzungen arbeiten sollen und können – nebst einigen anderen Qualitäten – die gleiche Haltung noch einmal – und nun ganz persönlich und risikobereit –, damit die gewünschten Ergebnisse überhaupt denkbar werden.

Die in den jüngsten Jahren sehr dynamische Entwicklung des Kinder- und Jugendtheaters in der Bundesrepublik weist im wesentlichen die gleichen Motive auf wie die in Schweden. Aber was hier an Grundsätzlichem, an Einstellungsänderung und an neuen Qualitäten erreicht wird, ist noch in einem starken Maß an einzelne Theater und ihr Umfeld gebunden. Waren es früher die Berliner Theater, das Grips-Theater, »Rote Grütze« und »Birne«, so ist es heute immerhin ein breiteres Spektrum, aus dem beispielhaft Bühnen wie das Theater der Jugend in München, das Oberhausener »Theater im Pott«, der Mannheimer »Schnawwl«, das Essener Kinder- und Jugendtheater erwähnt seien: sämtlich kommunale Ensembles. Eine wirkliche Kulturpolitik für das Kinder- und Jugendtheater gibt es aber nur in Baden-Württemberg, wo 1979 eine staatlich geförderte Gründerzeit angebrochen ist.

In einer solchen Situation, in der außer den gesellschaftlichen auch noch viele künstlerische Vorurteile auszuräumen sind, ist es wichtig, daß sich das Kinder-

theater in der Bundesrepublik mit wichtigen künstlerischen Entwicklungen von anderswo auseinandersetzt. Das geschieht immer weniger durch Festivals und öfter durch die praktische Theaterarbeit: in München, Tübingen, Mannheim zum Beispiel mit den sparsam ausgestatteten und körperbetonten Inszenierungen des Italieners Carlo Formigoni (Teatro del Sole, Mailand), die inzwischen eine stilbildende Ausstrahlung erreichen. Manfred Repp in Oberhausen trägt Elemente des rituellen Theaters von Wolfram Mehring (Théâtre de la Mandragore, Paris) weiter. Das Essener Kinder- und Jugendtheater hat sich seit seiner Gründung unter Hildegard Bergfeld und anfangs auch der Regisseurin Maya Tångeberg entschieden als ein Brückenkopf des schwedischen Kinder- und Jugendtheaters profiliert, sowohl was die Stücke als auch was die Regisseure angeht.
Auch auf der Verlagsseite bewegt sich etwas. Zwar hat der Skandinavia-Verlag relativ früh resigniert und seit 1974 kein schwedisches Kinderstück herausgebracht, und es gab über viele Jahre hin nur sporadische Importe. Seit 1980/81 aber haben sowohl der Verlag Autorenagentur als auch der Verlag der Autoren eine Anzahl neuerer und neuester Stücke vorgelegt, von denen einige auch schon fleißig nachgespielt werden.
Rückblickend wird man sagen müssen, daß die Aktualität des schwedischen Kindertheaters von Deutschland aus nicht sehr systematisch verfolgt und ausgewertet worden ist. Manches importierte Stück verdankt seinen Dämmerschlaf wohl auch dem Umstand, daß es zu Tode übersetzt und bearbeitet wurde. Richtig ist aber wohl auch, daß das Kindertheater bei uns erst jetzt in den Stand kommt, bestimmte Entwicklungen produktiv aufnehmen zu können.

Die Autoren dieses Bandes

Staffan Göthe (*1944), *Das Mädchen im Espenbaum* (Tjejen i aspen)

Das Stück wurde 1972 vom Regionalensemble des Riksteatern in Växjö uraufgeführt. Es steht in unserer Auswahl für das Werk des schlechthin bedeutendsten Autors, den das schwedische Kindertheater hervorgebracht hat – er ist Schauspieler und hat seine ersten Stücke für das Växjö-Ensemble geschrieben. Es steht zugleich – mit dem ständigen Wechsel zwischen Realität und Phantasie im Spiel wie auch der Schauspieler von Rolle zu Rolle – für eine extrem offene Dramaturgie und hohe Ansprüche an die Darsteller.
Staffan Göthes erstes Stück, *En natt i februari* (Eine Nacht im Februar, 1971) ist bis heute eines der meistgespielten des neuen schwedischen Kindertheaters geblieben. Akteure des Stücks sind die nächtlichen Gedanken eines Schuljungen nach einem an Ärgernissen reichen Schulausflug. Weitere wichtige Stücke sind *Nordanvinden* (Nordwind, 1973): Wie im späten 18. Jahrhundert ein Junge aus bürgerlichem Hause ausreißt und draußen seine Erfahrungen mit dem Zustand der Welt und der Menschen macht; *Den itusågade damen* (Die Dame ohne Unterleib, 1975): Kontrastszenen aus dem Leben zweier ungleicher Schwestern; *Den feruketansvärda semällen* (etwa: Das Wahnsinnsding, 1978): Erlebnisse der gleichnamigen Kinderbande auf einem schwedischen Hinterhof der fünfziger Jahre, mit einem alten Nazi am Rande.
Seit 1983 ist Staffan Göthe Mitglied im ersten Ensemble des neugegründeten Volkstheaters in Gävle unter der Leitung von Peter Oskarson.

Börje Lindström (* 1952), *Sprit* (Sprit)

Das Stück wurde für das Unga Klara Teater in Stockholm geschrieben und dort 1978 in der Regie von Etienne Glaser uraufgeführt. Es ist ein markantes Beispiel für das direkt realitäts- und themenorientierte Stück, dessen Form jedoch durch den Wechsel zwischen Spiel- und Kommentarrollen sowie durch den Einbruch kabarettähnlicher Elemente aufgebrochen wird.
Für Unga Klara hat Börje Lindström, der als freier Schriftsteller in Stockholm lebt, auch an Revueprogrammen für Vorschulkinder *(Barnkammaré)* und Jugendliche *(Den svettiga tigern)* mitgearbeitet. Weitere Stücke: *Smittan* (Die Ansteckung, 1980: Parabel von der Tyrannei der Langnasigen über einen Kurznasigen – bis eine Epidemie ausbricht, deren Opfern die langen Nasen abfallen); *Rasten* (Die Pause: Schulhofszenen vor dem Hintergrund der fernen Kubakrise). Börje Lindström hat zwei Gedichtbände veröffentlicht.

Per Lysander (* 1944) und *Suzanne Osten* (* 1944): *Medeas Kinder* (Medeas barn)

Per Lysander ist Dramaturg des Unga Klara Teater. Suzanne Osten ist die künstlerische Leiterin und Hauptregisseurin dieser weitgehend autonomen Abteilung des Stockholmer Stadttheaters. Beide haben dieses einflußreichste Kinder- und Jugendtheater Schwedens maßgeblich geprägt. *Medeas Kinder*, 1975 in der Regie von Suzanne Osten uraufgeführt, ist beider wichtigste gemeinsame Arbeit.
Hier wurde nicht so sehr ein schwieriger klassischer Stoff fürs Kindertheater erobert, sondern ein wichtiges soziales Thema – Scheidung der Eltern und wie Kinder das erleben – am antiken und bilderträchtigen Mythos abgehandelt. Wie alle Kinderstücke des Unga Klara wurde *Medeas Kinder* in Zusammenarbeit mit Schulklassen entwickelt.
Die deutschsprachige Erstaufführung inszenierte 1983 Mirjana Erceg am Kinder- und Jugendtheater Essen, zuvor war schon eine schweizerdeutsche Bearbeitung am Basler Kinder- und Jugendtheater gelaufen.
Ebenfalls in Essen war 1980 Lysander/Ostens frühere Arbeit *Prinz Ohnetrauer* (Prins Sorgfri) auf deutsch herausgekommen, das japanisch drapierte Märchenspiel von der Begegnung des wohlbehüteten Königskindes mit Leid, Tod und Liebe.
Beide haben eine Reihe weiterer Vorlagen für ihr Theater umgearbeitet, darunter Melchior Schedlers Kinderstück *Lazarillo oder Wie man Kaiser wird* (1977). Per Lysander allein ist der Autor eines bei seiner Premiere 1982 heftig umstrittenen Lehrer-Stücks für Jugendliche und Erwachsene unter dem Titel *Fläskhästarna* (wörtlich: Die Fleischpferde).

Torsten Letser (* 1948): *Der kleine Prinz von Dänemark* (Den lille prinsen av Danmark)

1948 geboren, lebt Torsten Letser als freischaffender Schriftsteller in Stockholm. »Der kleine Prinz von Dänemark« wurde 1981 von der in Norsborg ansässigen Freien Gruppe Progressteatern unter der Regie von Mazlum Kiper uraufgeführt. Die deutschsprachige Erstaufführung brachte das Essener Kinder- und Jugendtheater 1983 unter dem Regisseur Leif Norinder.

Das Stück belegt, mit welchen inhaltlichen und formalen Ansprüchen schwedische Kindertheatermacher oft an ihr junges Publikum herangehen. Es zeigt – auch darin »Medeas Kinder« ähnlich – den unverkrampften Umgang mit klassischen Vorlagen, hier dem Personal der Shakespeare-Tragödie. Das Ganze spielt außer auf der Ebene für Kinder auch auf einer für Erwachsene, auf der das Spiel mit der traditionellen Blankvers-Form und die dann doch vorkommenden Shakespeare-Paraphrasen (Eingangsszene, Schauspieler/Puppenszene, Hamlets Monolog) ihren eigenen Reiz entwickeln: Familientheater.

Torsten Letser hat für Progressteatern auch das Gastarbeiter-Stück *Flykten till lyckan* (Die Flucht ins Glück, 1979) geschrieben. Hörspiele, auch für Kleinkinder.

Med Reventberg (* 1948): *Das kleine wilde Tier* (Det lilla odjuret)

Schauspielerin, Regisseurin und Autorin der Freien Gruppe Nationalteatern in Göteborg seit deren Gründung 1970, hat Med Reventberg *Das kleine wilde Tier* 1980 geschrieben. Jussi Larnö leitete die erste Inszenierung, die mit ihrem kleinen blauen Theaterzelt in über 200 Aufführungen bis nach Frankreich und Kanada exportiert wurde. Die deutschsprachige Erstaufführung brachte die Burghofbühne in Dinslaken in der Regie von Dieter Klinge heraus.
Ein anspruchsvolles Stück Theater fürs Vorschulalter: Im Zusammenhang mit dem klassischen Märchenmuster vom Jungen, der auszieht, sein Glück zu suchen und dabei an den Erlebnissen im unheimlichen Welt-Wald reift, wird das Motiv des Todes am Beispiel der Geschichten erzählenden Großmutter im Spiel konkretisiert, der Märchensphäre für kurze Zeit entrückt. Und auch, was die Großmutter vom kriegsdienstverweigernden Vater erzählt, knüpft die Zauberwaldgeschichte wie selbstverständlich an die Alltagsrealität.
Inzwischen liegt auch ein weiteres Stück von Med Reventberg auf deutsch vor, Sara in der Unterwelt (*Sara i den undre världen,* 1976): ein von Comic und Slapstick animiertes Spiel um Mietwucherer, Ganoven und ein kleines Mädchen. 1983 hatte Med Reventbergs Dramatisierung eines Buches des türkischen Autors Yaser Kemal Premiere, *Elefanternas sultan och den rödskäggiga halta myran* (Der Elefantensultan und die rotbärtige hinkende Ameise, ein Fabelspiel von der Solidarität der Kleinen gegen ihre Unterdrücker).

THEATERBIBLIOTHEK

1 *Heiner Müller,* Der Auftrag
2 *Rainer Werner Fassbinder,* Bremer Freiheit. Blut am Hals der Katze
3 *Wolfgang Deichsel,* Bleiwe losse
4 *Friederike Roth,* Klavierspiele
5 *Peter Steinbach,* Kusch und Platz
6 *Horst Laube,* Endlich Koch
7 *Martin Sperr,* Die Spitzeder
8 *Gert Loschütz,* Chicago spielen
9 *Karl Otto Mühl,* Die Reise der alten Männer
10 *Willi Thomczyk,* Feuerkarussell
11 *Philippe Adrien,* Mein lieber Molière
12 *William Shakespeare,* Der Kaufmann von Venedig
14 *August Strindberg,* Mit dem Feuer spielen
15 *Hjalmar Söderberg,* Gertrud
16 *Maksim Gorkij,* Kleinbürger
17 *Aleksandr Ostrovskij,* Der Wald
18 *Eugène Labiche/Botho Strauß,* Das Sparschwein
19 *Fitzgerald Kusz,* Sooch halt wos
20 *Melchior Schedler,* Lazarillo oder Wie man Kaiser wird*
21 *Dietmar Roberg,* Martha, die letzte Wandertaube*
22 *Peter Steinbach/Sylvia Ulrich,* Nürüls Reise ins große Fabrikland*
23 *Ken Campbell/F. K. Waechter/W. Wiens,* Fazz und Zwoo. Die Schlündelgründler*
24 *Norberto Avila/Thomas Brasch,* Hakims Geschichten*
25 *Tilo Prückner/Roland Teubner,* Gilgamesch und Engidu*
26 *Michael Fackelmann,* Roboter lachen nicht*
27 *Gerlind Reinshagen,* Himmel und Erde
28 *Ivan Turgenev,* Ein Monat auf dem Lande
29 *Gustav Ernst,* Ein irrer Haß
30 *Marivaux,* Das Spiel von Liebe und Zufall
31 *Aleksandr Suchovo-Kobylin/Hans Magnus Enzensberger,* Tarelkins Tod oder Der Vampir von St. Petersburg
32 *Peter Sattmann,* Der Erzbischof ist da

33 *F. K. Waechter,* Schule mit Clowns*
34 *Heiner Müller,* Macbeth. *Nach Shakespeare*
35 *Augusto Boal,* Mit der Faust ins offene Messer
36 *Rainer Kirsch,* Das Feuerzeug*
37 *Robert Pinget,* Was wisssen sie über Mortin?
38 *Ludwig Fels,* Lämmermann
39 *Martin Sperr,* Die Kunst der Zähmung. *Nach Shakespeare*
40 *Wolfgang Deichsel,* Loch im Kopf
41 *Rainer Werner Fassbinder,* Der Müll, die Stadt und der Tod
42 *William Shakespeare,* Maß für Maß
43 *Dirk H. Fröse (Hrsg.),* Schwedisches Kindertheater*
45 *Evgenij Schwarz,* Der Schatten
46 *Klaus Pohl,* Das Alte Land
47 *Harald Sommer,* Ich betone, daß ich nicht das geringste an der Regierung auszusetzen habe
48 *Peter Sattmann,* Der Fallschirmspringer
49 *F. K. Waechter,* Der Teufel mit den drei goldenen Haaren*
50 *Wolfgang Deichsel,* Die Schule der Frauen. *Hessisch, nach Molière*
51 *Heiner Müller,* Quartett
52 *Euripides,* Medeia
53 *Heinrich Henkel,* Still Ronnie
54 *Gerhard Kelling,* Heinrich
55 *Urs Widmer,* Die lange Nacht der Detektive
56 *Friederike Roth,* Ritt auf die Wartburg
57 *Oscar Wilde,* Salome
58 *F. K. Waechter,* Kiebich und Dutz. Pustekuchen*
59 *Rainer Werner Fassbinder,* Die bitteren Tränen der Petra von Kant
60 *Henry Monnier,* Aufstieg und Fall des Joseph Prudhomme
61 *Heiner Müller,* Leben Gundlings Friedrich von Preußen Lessings Schlaf Traum Schrei
62 *Fitzgerald Kusz,* Derhamm is derhamm
65 *Rainer Werner Fassbinder,* Katzelmacher. Preparadise sorry now

* Stücke für das Kinder- und Jugendtheater